はじめまして、
僕のずっと好きな人。

春田モカ

STARTS
スターツ出版株式会社

これは、〝大切な人〟ができることを恐れている先輩と、
誰とも関わらずずっとひとりぼっちだった私との、
卒業までの思い出づくりの話だ。

目次

はじめまして、僕のずっと好きな人。

プロローグ

夜の十一時。

真っ暗な寝室で、スマホから放たれる四角い光だけが俺を照らしている。

寝る前に、その日に撮り溜めた写真を選定して、匿名《とくめい》アカウントにアップロードするという作業を始めて約二カ月が経った。

フォローもフォロワーも0で、アイコンはグレーのデフォルト画像のままの捨てアカウントだ。

完全に自分の記録用として作ったこの場所で、俺は今日も、明日の自分へ向けて大切な記憶を繋ぎとめる。

「これにするか……」

選んだのは、肩まで伸びた髪を風になびかせている女子高校生が、勿忘草《わすれなぐさ》を摘《つ》んでいるうしろ姿の写真だ。

この写真に添えるひとことを、一度スマホを腹の上で伏せてじっと考えてみた。

そのまま目を閉じると、勿忘草の淡い青色が、滲んでくる。

青い絨毯《じゅうたん》を広げたような景色、花の甘い匂い、肌を撫でた柔らかな風、毛布のように優しい体温。

彼女と過ごした今日を、静かに、大切に、ひとつひとつ回想する。

気づいたら、目の端から耳にかけて、一筋の涙が溢れていた。

この写真を見て浮かんだ言葉は、たった一行。

【なにひとつ、忘れたくない】

手の甲を額に置いて、涙で揺れる天井を眺めながら、嗚咽をかみ殺した。

もし、人生でたったひとつ願いをかなえてもらえるのなら、俺は間違いなくこう唱えるだろう。

――明日、君が記憶の中からいなくなっていませんように……、と。

第一章

冬の出会い

side桜木《さくらぎ》琴音《ことね》

言葉は誰かを救う魔法の力も、心を締め付ける呪いの力も持ち合わせている。

きっと誰しも、無意識に誰かを言葉で傷つけて、そして傷つけられて生きている。

高校一年の冬。私は、もう誰にも傷つけられたくないし、誰も傷つけたくなかった。

そのためには、ひとりでいるのがいちばんの方法だと思ったのだ。

……ただそれだけの、話なのだけれど。

「あのな、桜木。なんかあるなら言ってくれ。なんでも聞くから」

黒髪短髪でジャージ姿の男性教師が、ボールペンのノック部分でこめかみを押さえながら眉《ひそ》を顰めている。

彼、小山《こやま》先生は私の担任で、まだ年齢も若く、親しみやすいとうちの学校ではなかなか人気がある。

職員室の窓ガラスの向こうには、淡雪が降っている景色が見えて、空は白に近い灰色だ。

この天気だから、今日は図書館に寄らないで早く帰ろうと思っていたのに、任された日誌をひとりで職員室へ届けに行ったところ、小山先生に少し話があるからと呼び出されてしまった。

「なんにもないです、本当に。学校楽しいです。実際毎日ちゃんと来てますし」

年季の入ったストーブで手を温めながら、私はスラスラと質問に答える。

「たしかにな。ちゃんと来てはいる」

「先生はなにがそんなに不安なのでしょうか」

「高校生活は一度きりだからな。別に学校が嫌いじゃないのなら、もっとクラスメイトと交流してみたらどうだ。図書室通いばかりじゃなくて」

大人になったらひとりでいることは自由なのに、どうして学生のうちは自由ではないのだろう。

私は自分の意思で〝ひとり〟を選択しているのだと、分かってもらえない。

どうしても単独行動の生徒は〝かわいそう〟に見えてしまうものらしい。

静かに不満を胸の中に増幅させ、小山先生の大きな瞳から目を逸らした。

ストーブからは柔らかな温熱が発せられていて、加湿器代わりに上にのせられた銀色のやかんは、シュンシュンと音を立てて沸騰している。

私は、少し大きめのグレーのセーターを指先まで伸ばして、ストーブで温まった手を隠した。

「桜木。どんな毎日も人生最後なんだぞ。大人になったら同じような毎日はあったりするけど、学生時代はそうじゃない。今は分からないと思うけど、本当に日々の色濃さが違うんだよ。俺は桜木の意外とジョークが通じるところとか、シュールな感性持ってるところとか、周囲に知ってもらえないのはもったいないと思うけどな」

「その、シュールな感性って褒め言葉なんでしょうか……」

小山先生は美術の先生だ。授業で私が描いた絵を見たときに『上手いのか下手なのか分からないところがいい』と、判断に困る称賛をしてくれた。今でもあれは褒め言葉なのか疑問だ。

小山先生のことは嫌いではないけれど、私がひとりでいたいことを理解してもらうのは、きっとまだ難しいだろう。

うちのクラスは仲がいいので、余計に私が浮いて見えてしまうのはすごくわかる。

私は立ち上がると、ペコリと頭を下げた。

「気にかけていただきありがとうございます。でも本当にお気遣いなく。あと先生、やかんの水、もう空っぽだから気をつけてください」

「えっ、あぁ、本当だ。入れておくわ」

「さようなら。失礼しました」

「待て桜木。これ持って帰れ。引き止めて悪かったな」

先生が投げたなにかをパシッと両手で受け取った。

手を開くと、そこにはミニサイズのカイロがあった。

「元気がないときは体を温めるのが一番らしいぞ」

「……ありがとうございます」

私、全然元気なんですけど、という言葉を飲み込み、小山先生の善意を素直に受け取って、職員室をあとにした。

ここはなにもない田舎だけど、晴れた日は宝石を散りばめたように星が煌々《こうこう》と輝く。

残念ながら今日は雪だから、星の瞬《またた》きは見えない。でも、私は、灰色の雪空の方が落ち着くから好きだ。

「寒すぎる……。しかもバス遅れてる」

靴を履き替え校舎から出ようとしたけれど、乗り換えアプリにバスの遅延通知が流れているのを見て、玄関で待つことにした。

下駄箱が整列した冷たい昇降口から、雪が積もったバス停の景色を、ぼんやり眺めていると、どこからか話し声が聞こえてくる。

「……ずっと好きで、だから、瀬名《せな》先輩と付き合いたいんだけど」

廊下の方から聞こえてくる女子の声は、緊張で震えていた。

瀬名……。なんかどこかで聞いたことのある名前のような……。

聞いてはいけないと思いつつも、雪が降っている日の校舎はすごく静かで、他にな
にも音がなくて、どうしても耳に入ってきてしまう。かといって、いつ遅延したバス
が来るか分からないから、この場からも動けない。

「俺、お前のこと忘れたことないよ」

相手の声が聞こえた。言葉の意味と裏腹に、なぜかその声はとても冷たい。

「え、それってどういう意味……？」

「俺が覚えてるってことは、俺にとって村主《すぐり》は全然特別じゃないってことだから」

覚えてるってことは、特別じゃないってこと。

普通は、逆の意味になるはずなのに。

そこまで聞いて、私はこの人が誰なのか、完全にわかってしまった。

「わ、分かってるよ……。瀬名先輩の記憶障害のことは……。それでも、そばにいた
いの」

「なにそれ、すげぇな。ドラマみたい」

――三年生に、記憶障害を持った先輩がいると、クラスメイトが噂しているのを聞
いたことがある。

『瀬名先輩は、大切な人の記憶だけ忘れてしまうんだって』

そんな記憶障害があるんだと、耳をそばだてながら少し驚いたのを覚えている。

そしてそのとき、瞼《まぶた》を閉じて想像したんだ。

永遠に大切な人だけが現れない世界を。

……想像したら、現状と変わらなさすぎて、ひとりで授業中に失笑してしまったんだった。

なんて、くだらないことを思い出しているうちに、ふたりの会話は進んでいた。

「とにかく、私は伝えたから。返事はいつでもいいから」

「返事もうしたつもりなんだけど」

「ちゃんと考えろ！　バカ瀬名！　また明日話しかけるから、じゃあね」

「痛《い》って、中身入ったペットボトルで殴るな」

やばい。女子生徒がこちらに近づいてくる。

私は息を殺して下駄箱の影に隠れた。

幸い、女子生徒は気持ちが昂《たかぶ》っていたせいか、こちらにまったく気づくことなく昇降口から出て、自転車置き場に向かっていく。

チラッと見えた彼女は、派手なメイクを施していて、茶髪のロングヘアに短いスカート姿だった。普段目を合わすこともないようなグループの女子だけれど、その横顔は泣いているように見えて、少し胸が軋《きし》んだ。

たしかあの子は、同じ学年で隣のクラスの子だ。

「これが告白……」

しまった。ひとりでいる時間が長すぎたせいで、独り言が増えてしまった。

私はスノコの上で体育座りをしながら、自分の口を片手でふさぐ。

ふわふわと舞い降りる淡雪の中に、女子生徒のうしろ姿が消えていくのを見つめていると、ふと視界が暗くなった。

「なに盗み聞きしてんの、お前」

「えっ……」

座っているスノコが軋んで、黒い影が覆いかぶさってきた、と気づいたときにはもう遅かった。

無表情な瀬名先輩が、私の顔をじっと見つめて反応をうかがっていたのだ。

無造作にセットされたアッシュ系の黒髪に、色素の薄い茶色い瞳。そして、透き通るような白い肌。ブレザーの上には、高そうなダークグレーのコートを羽織っている。

長めの前髪から見え隠れする目つきは冷ややかで、顔立ちが整いすぎているせいか人形みたいに生気がない。

「……お前、一年生？」

「はい、す……、すみません」

親と教師とコンビニ店員以外の人から、久々に話しかけられている。

緊張のあまり、しばらく目を丸くしながら固まっていたけれど、すぐに正気を取り戻して立ち上がる。

「バスを待っていただけで、決して覗き見したり聞き耳を立てていたわけでは……あ！」

一刻も早く立ち去らねばと、立ち上がろうとした瞬間、カバンの中身がバサバサと落ちてしまった。

ハンカチや小説、ノートが散らばり、私は慌ててそれらを掻《か》き集める。

耳まで熱を持って赤くなっているのが、鏡を見なくたってわかる。

「大丈夫？」

「ひ、久々に人と話したんで、緊張して……。すみません、失礼します」

ちょうど、遅延していたバスが校門から入ってくるのが見えた。

私は荷物を抱えたままローファーを素早く履いて、瀬名先輩の顔も見ずに校舎から飛び出す。

心臓が信じられないスピードで拍動している。もし顔を覚えられていて、明日からイジメられたらどうしよう。

うちの高校は一応進学校だけど、瀬名先輩は、校内でもひときわ派手で目立つ人たちに囲まれていたような気がする。

「どうしよう……」

いつのまにか雪は雨に変わっていて、道路は水浸しになっている。

肩下あたりまで伸びている自分の髪の毛が、芯まで冷えていた。

車窓から見上げた空は暗くて、ひとつも星は見えなかった。


翌日、私はとてつもなく焦っていた。

衝撃でその場から動けなくなるほど、〝ないと困るもの〟をどこかに置いてきてしまったのだ。

昨日の夜、失くしたことに気づいて必死に探したものの見つからず、もしかしたら学校の机に置いてきたのかもしれないと、一縷《いちる》の望みをかけて登校したが、やはりない。

ないと困るもの……それは、クラスメイト全員のプロフィールや、その日感じたことを細かく記した、ポエムみたいな痛い日記帳だった。

「終わった……」

騒がしい朝の教室で、私は誰にも聞き取れないくらいの低いトーンで、独り言をつぶやく。

もしあれを誰かに見られたら、生徒のデータ分析をしている危険人物と見なされるに決まっている。

どこだ？　いったいどこであの日記帳を失くしたんだ……？

焦りながら、再び自分の机の中やロッカーの中を探していると、ふと教室の空気が変わったのを感じた。

なんだか昨日と同じようなパターンで、嫌な気配が漂っている気がする。

すると、誰かが私の机の前に立ち止まって、必死で探していたブルーの日記帳が差し出された。

「kotoneって書いてあるけど、これ、お前の？」

「あ……！」

瞬時に奪い取ろうとしたが、彼――瀬名先輩は、すぐさま日記帳を天高く移動させる。そして私の焦った顔を見てからにやっと笑うと、「やっぱりお前のなんだ」と言い放った。

頭の中に、昨日カバンをひっくり返して荷物を慌てて掻き集めていた自分の姿が浮かぶ。

そうか、あのとき落としてしまったんだ……。

よりによって、瀬名先輩に拾われてしまうなんて……。

でも待て、落ち着け私。まだ中身を見られたとは限らない。

「お前なんでこんな記録つけてんの？　生徒の個人データ売ろうとしてんのか。あとたまに挟まるポエムも怖い」

しかし、期待はすぐに打ち砕かれた。

最悪だ……。本当に終わった。

「か、返してください」

「いやだ」

瀬名先輩は、私のことをアーモンド形の瞳で見下ろしながら、あきらかに面白がっている。無表情だけどわかる。悪意がある人の瞳の奥は、暗いんだ。

そして、なんで地味な私があの瀬名先輩と一緒にいるのか……という、クラスメイトたちの視線も痛い。

「ま、周りからは、恫喝《どうかつ》に見えてるかもしれませんよ……」

「むしろ恫喝じゃないと思ってんのか」

「え……」

あからさまに怯えた声を出すと、瀬名先輩は真顔でふっと吹き出した。

なんだ……？　からかっているのか、本気なのか、破滅的にコミュニケーション能力がない私には分からない。

不安で青ざめていると、瀬名先輩が「変なやつ」と小さな声でつぶやく。

「放課後、図書室。帰してほしけりゃ来い」

瀬名先輩はそれだけ言い放って、教室を出ていった。

クラスメイトはザワつきながら私のことをじろじろ眺めているけれど、誰も話しかけてはこない。

周囲になんとも言えない空気が漂っている。そもそも、今の状況を聞かれたとしても、私もよく分かっていないので説明なんかできない。

私は震える手で文庫本を開き、何事もなかったかのように読むフリをするので精いっぱいだった。

突然降りかかった緊急事態に、頭の中が大パニックを起こしていた。

side瀬名類《るい》

今日こそ、なにか起きないか。

最近は、そんなことを思いながら雪道を歩いている。

この退屈な日常を一気に変えるような、この雪景色が一瞬に変わって見えるような、そんな出来事が起こればいい。

俺から見る日々は平坦で、よくも悪くもなにも起こらない。それはもしかしたら、俺が大切な記憶だけ忘れているからなのだろうか。

周りのやつらは、泣いたり笑ったり怒ったり悔しがったりして、もっと濃い人生ってやつを送っているんだろうか。

……いや、俺みたいに能面みたいな顔をして、学校に通っているやつは他にもいる。

この間、偶然図書室で昼寝をしようとしたときに、見つけたんだ。

昼休みだというのに黙々と本に向き合い続けていた彼女……桜木琴音を。

俺にいっさい気づかず、読書に集中する姿は、まるでその本の中に自分という人間の答えを探しているかのようだった。

そのとき図書室の窓からは、ベンチでくっつきあっているカップルや、中庭でふざけた動画を撮っている生徒の姿が見えた。だから余計、孤独な桜木の姿が際立っていた。

いつもくっついてくる派手な後輩の村主に聞いてみると、どうやら彼女は俺より二年後輩で、村主の隣のクラスらしい。いつも図書室にひとりでいる、という特徴ですぐに分かったようだ。

村主曰《いわ》く、桜木は教室内でも静かで『空気より目立たない』、『座敷童子《ざしきわらし》っぽい』と、噂されているらしい。あんまりな言われようだ。

あの日、桜木と昇降口で会ったのは、本当に偶然だった。

明らかに人と距離を置いていそうなあいつのノートが、なぜクラスメイトの詳細プロフィールで埋まっていたのか。

たとえば、ある女生徒の欄には下手くそな似顔絵と、『おしゃれで美人。圧倒的な発言力。私なんかは視界に入っていないはず。いつも楽しそうにチョコパンを食べている』と書いてある。

理解ができなくて、もはや恐怖心すら抱いた。と同時に、桜木のことがもっと知りたくなった。

俺と同じくらい死んだ目をしているのに、俺より人と関わっていないのに、なぜ、他人に興味があるのか。こいつは俺と同じような灰色の世界で生きていないのか。

話を聞いてみたい——そう思った俺は今こうして、ノートを口実に呼び出した桜木を図書室で待っているのだ。

ストーブのついていない図書室は、外と変わらないくらいに身体が冷える。まもなく雪が降りだしそうなほど寒く、さすがにベンチでくっつきあっているカップルも今日はいない。

「寒……」

桜木がもし来なかったら、このノートをどうされてもいいってことだ。

脅しの材料にならないのはつまらない。

……なんて、別に来なかったら来なかったでそれでいい。一〇〇パーセント、明日にはどうでもよくなっているはず。

窓際で腕を組みながら、あと一分待って来なかったら帰ろうと決意したそのとき、扉がゆっくりと開いた。

扉口から幽霊みたいに青白い顔をした桜木がこちらをじっと見ている。

「……あの、ノート」

「やっと来たか」

しばらく遠距離でお互い見つめ合い、俺が低い声で「こっち来い」と言うと、桜木は心底嫌そうな顔をしながらうつむいて中に入ってきた。そして、早々にうつむいたままの勢いで頭を下げた。

「お、お願いです。返してください。今日、千円しか持ってないんですけど……」

白く細いうなじが、髪の毛の間から見える。

見下ろしながら、こいつは本当に俺に金銭を要求されると思っているのだろうか……と、心の中で呆れた。

「お前なんでこんなこと記録してんの。怖」

差し出されたお札を完全に無視して、質問を投げかける。

「とくに理由はないです。返してください」

「いや、理由ねぇほうが怖いんだけど。ていうか、いいかげん顔上げろ」

おでこを手の平で軽く押して、無理やり顔を上げさせると、長めの前髪の隙間からぱちっと目が合った。

はじめてちゃんと顔を見たが、意外にも整った顔をしている。少なくとも俺よりは目が死んでいない。

「理由話したら、ノート返してくれますか」

「……考える」

「な、亡くなったばあちゃんとの……、約束なんです」

予想もしていない言葉に、俺は少しワクワクして、桜木の小さな声を聞き逃さないように耳を傾けた。

「高校で、友達は作らなくても、自分なりの思い出は作るって、約束したんで……。中学は、なんの思い出も残さなかったから……」

「それがこのクラスメイトのプロフィール作成に繋がったってわけ？　超一方的な思い出の記録じゃん」

「い、一方的でいいんです。自分のことが嫌いだから、誰の記憶にも残りたくないんです」

「……お前、死ぬほどこじらせた性格してんな」

俺はあらためてノートをパラパラと捲《めく》ってみる。

桜木が……自分が、この教室に存在した事実を残すためだけに、このノートはあるのか。

そう思うと、なんだか少しこいつが切なく思えてきた。

もう理由も聞いたし、ノートを返してやるか、なんて思ったとき、桜木が目線をあげて口を開いた。

「自分は誰の記憶にも残りたくないけど……自分の周りの世界のことは、ちゃんと覚えておきたいんです。それだけです」

……なんで？

すぐに疑問を抱いたけれど、俺はぐっと言葉を飲み込んだ。

記憶障害のある俺には、理解したくてもできないことだと思ったから。

「もう、中学のときみたいに、無になりたくはないから……」

無、という言葉が、雪のような冷たさで、胸の中に染み込んだ。

こいつは、俺と同じように人との関わりを避けているのに、なぜ〝無〟を恐れているのだろうか。

大切な人の記憶だけ残らない俺の世界は今、ほぼ無に等しい。

けど、それがツラいと思ったことはない。むしろ、なにも持たないことは楽なのに。

……もしかしたら桜木は、俺の知らない世界を知っているのだろうか。

ふとそんなふうに思って、ある考えがひらめいた。

「記憶のリハビリ、付き合ってよ。そしたら返してやる。このノート」

「え……？」

気まぐれにそんな発言をした。ただの、ヒマつぶしの延長だ。

桜木が俺の記憶障害のことを知っているかどうかなんて、どうでもよかった。

「俺にも、覚えておきたいって思う記憶、つくってよ」

「ええ……」

桜木は、不安そうな顔をして俺を見つめている。

そんな彼女に、俺は表情ひとつ変えずに約束を押し付け、ノートで軽く頭を叩いた。

「明日も放課後、図書室集合な」

桜木は小さな声で「はい」と頷いてから、フェイントでノートを奪い返そうとしたので、俺は天高くノートを掲げる。

……こいつ、意外と物怖じしない性格なんじゃないか。

廊下の遠くから、「雪が降るから残ってる生徒は早く帰れー」という、教師の野太い声が響いた。

図書室の窓から見える空は、いつもどおり灰色がかっている。

いつもと違うのは、明日がほんの少しだけ楽しみだということだけだった。

誰かの痛み

side桜木琴音

学校に行くことがこんなにツラいと感じたのは、中学以来のことだった。

気持ちが重いまま、リビングでリモートワーク中の母に向かって小声で「いってきます」と声をかけてから、玄関の扉に手をかける。

水色のマフラーをぐるぐる巻きにして、ガチャリとドアを開くと、曇り空が広がっていた。

……ばあちゃん、今日が始まるよ。

常におだやかに過ごせるように、せっかく空気より目立たなくなる技を身に着けたというのに。

吐いたため息が、ふわふわと空に昇っていった。

隙を見て瀬名先輩から日記帳を奪おうとしたが、『返したところでデータ化してるから意味ないけど』と言われ、すべてを諦めた。

なにがどうなって、あの瀬名先輩の記憶のリハビリに付き合うことになったのか。

彼にとって大切な記憶がなんなのか、私にわかるはずがないのに。価値観も生きている世界も、なにもかも違う人間にそんな重大なケアを頼むなんて、明らかな人選ミスだ。

そして、ノートを落とした自分を呪っているうちに、授業はあっという間に終わり、放課後となってしまった。

本当に、先輩は図書室で私のことを待っているのだろうか。

「あの……桜木さん」

憂鬱な気持ちで教科書を整理していると、久々にクラスメイトから名前を呼ばれた。

驚いて顔を上げると、クラス委員長が私を不安そうに見つめながら教室の入り口を指差している。

「なんか……村主さんが桜木さんのこと、探してるみたいだけど」

「え……」

バッと入り口に目をやると、そこには見覚えのある茶髪ロングの派手な美人が、腕組みしながら立っていた。

そうだ、あの雪の日、瀬名先輩に告白してフラれた人だ。

スカートはセーターから五センチほどしか見えてなくて、あんなに生足を出してどうしてこの極寒の冬を過ごせるのか、不思議でならない。

そんなことより、なぜ彼女が私を探しているのか……。もしや、瀬名先輩が私の秘密をバラしてしまったんだろうか。

「わ、私のことじゃないと思います……。一度も話したことないので……。お、教えてくれてありがとうございます」

「そ、そっか」

しどろもどろに回答すると、委員長は苦笑いしながら離れていった。

私は、カバンで顔を隠しながら、うつむいて村主さんがいないほうの扉からそそくさと教室を出る。

瀬名先輩と関わると、本当にろくなことがない。

この際、あのノートがどうなったっていい。いやよくないけど、友達がいないという状況は、あのノートが周囲に知られても知られなくても一緒なんだった。

全部真に受けていたら、そのうち都合のいいパシリにされてしまうかもしれない。

私は顔を隠すように水色のマフラーをぐるぐる巻きにして、早足で昇降口に向かい、さっさと外に出ようとした。

すると、ポンとうしろから肩を叩かれる。

「昇降口集合って言ったっけ、俺」

振り返らなくとも誰が話しかけているのかわかる。全身の血の気がサーッと引いていった。

「職員室に図書室の鍵取りに行ったら、教師全員目ぇ丸くしてたわ。俺が図書室に行くなんてありえないしな」

「あ……図書室集合って、今日のことでしたか」

震えた声で下手くそすぎる演技をしてみたが、瀬名先輩は眉をひとつも動かさないで無視する。

片手に持った鍵を、チャリンと空中に上げてはキャッチすることを繰り返している。

「遠くの廊下から、お前がネズミみたいな奇妙な動きしながら、昇降口まで小走りしてるの見えた。逆に目立ってんぞお前」

「え⁉ そうなんですか」

「行くぞ。図書室」

手首を掴まれて、無理やり階段を上らされ、どんどん図書室に近づいていく。

図書室は二階の隅っこにあり、同学年の生徒とすれ違うたびに、私は居たたまれない気持ちになった。

瀬名先輩は、いつも石のような冷たい無表情でいるのに、なぜか芸能人のような華やかさがあり、各階で視線をぶっちぎりで集めている。

「あ、類先輩──」

二階に来ると、村主さんのように垢《あか》ぬけた女生徒が瀬名先輩を呼んだ。たぶん私のことは一切視界に入っていないだろう。

「ねー、今日こそ遊ぼうよ。私の家ちょうど両親いないからさ、何人か集まって遊ぼう」

「は？　アンタ知らない人だから無理」

「えー、それ冗談？　先週村主たちと一緒にカラオケ行ったじゃん！」

「そうだっけ、忘れた」

「忘れたってことは……類先輩的には私のこと大切ってこと？　なんて」

「興味ないやつに対して、忘れる、忘れないの概念ないだろ」

冷たい。

こんなに人に強く冷たく当たる人間との、コミュニケーションの取り方を私は知らない。

というか、この女性も、瀬名先輩の記憶障害のことにそんなふうにあっさり触れていいのだろうか。

いや、そんなことは私には関係ない。私はマフラーに顔を埋めながら、誰にも見られないよう空気になることに徹した。

瀬名先輩は「用事あるから」と言い放って、その場を去った。

冷え切った図書室は、古紙独特の酸っぱいにおいが充満している。

整然と並んだ本棚を抜けると、古い長テーブルが数列置かれていて、図書委員が座るカウンターには誰もいない。

生徒たちの多くは予備校通いで、塾がないときは高校の近くにできた大きな市立図書館に通っているので、ここは閑散としている。

それを受けて、図書委員の制度自体もなくなり、皆は自分で記録を取って本を自由に借りている。

ほとんど誰も訪れないこの場所は、本好きな私のオアシスだったのだ。

「寒い？」

「え、はい……」

オアシスを奪われたような気持ちになり、思わず眉間にしわを寄せていると、寒がっていると勘違いしたのか、瀬名先輩がいきなり問いかけてきた。

教室は全室エアコン完備なのに、図書室だけ壊れていて効かないのだ。

瀬名先輩は古い石油ストーブに近づいた。私も隣にしゃがみこむ。

ストーブは着火ライターで芯に火をつけるタイプで、瀬名先輩はゲージを開けて点火を試みる。

しかし、運悪くガスが切れてしまっていて、カチカチと虚しい音が鳴るだけだった。

「だるいな」

瀬名先輩が舌打ちし、冷たい空気が流れる。

「新しいの、職員室にもらいにいかないとですね……」

「あ、俺あるわ、火」

膝をかかえて隣で気まずそうにしていると、なにかを思い出した瀬名先輩はブレザーのポケットからひょいとライターを取り出して、サッと火を灯した。

点火ボタンを押して、ビーッというブザー音が鳴り響くと、ぶわっと火が大きくなっていく。

温熱がじんわり広がって、一気に幸福度が高まってきた。

「あの、なんでライター持ってるか、一応突っ込んだほうがいいですか？」

両手を温めながら少し間を置いてたずねる。

「焚火《たきび》用。寒いから」

「ああ、焚火……」

うっかり納得しかけると、「そんなわけねぇだろ」と笑われた。

「祖父のだよ。今朝庭先に落ちてて、拾ったの忘れてた」

「おじいちゃんと暮らしてるんですね」

「マフラー燃えんぞ」

会話を遮り、瀬名先輩は私の垂れた長いマフラーを回しかける。

……優しいんだか、冷たいんだか、よく分からない人だ。

このままじゃペースを乱されたままだ。私には、彼に確認したいことがある。

「あの、記憶のリハビリって、本気ですか……？」

「うん」

即答され、私は焦る。

「じ、自分とは正反対の、よく知らない先輩と大切な記憶をつくるって、無理ですよ。記憶障害になった理由も、なにも知らないですし……」

「あ、やっぱり俺の記憶障害のこと知ってんだ。友達いないお前でも」

瀬名先輩は床にあぐらを掻いて座り、膝の上で頬杖をついたので、私もなんとなくその場に体育座りをした。

こんなに広い図書室なのに、はじっこに収まっていることがなんだか笑える。

あらためて近くで瀬名先輩を見ると、骨格からの美しさは、もはや神々しささすら感じる。

すこしくすんだ色の黒髪は、触りたくなるほど艶やかで、気怠《けだる》そうに伏せられた睫《まつ》毛《げ》は長い。

そんな、誰の記憶にも色濃く残りそうな瀬名先輩が、『俺にも、覚えておきたいって思う記憶、つくってよ』なんて寂しそうにつぶやくもんだから、私は思わず首を縦に振ってしまったんだ。

「きっかけとか……聞いてもいいんですか」

「記憶障害になったきっかけは、俺が小学生のとき。休日、普通に昼飯を食べたあとに、母親が家に火つけて一家心中謀《はか》って全焼させたこと」

「え……」

「医者曰く、心因性記憶障害だって。家族を目の前で失ったショックから守るために、脳がそうさせてるって」

あまりにショッキングな理由に、言葉を失う。

母が一家心中を謀って放火……？

自分が生きている世界ではありえない事件だ。そんなの、トラウマ級のショックを受けて当たり前だ。

こんなこと、軽々しく質問してしまった自分をすぐに責めた。

話を止めようとしたけれど、瀬名先輩はすらすらと昨日の出来事のように語る。

「父親も母親も死んで、俺だけ生きてひとりになった。今は死んだ母親の実家に引き取ってもらって、じいさんとふたり暮らし。家は古いけどでかいし、まえよりよっぽど裕福な暮らししてるよ。じいさんが元弁護士で金持ちだからな」

「そ、そうなんですか……。なんか、壮絶すぎて……」

なにも言葉が出てこない。瀬名先輩にとって、もう通り過ぎた過去なのかもしれないけれど。もし自分がその状況になったら、瀬名先輩みたいに淡々と人に語れる気はしない。

「……火、見るの怖くないですか」

ストーブを見ながら、ようやく言葉を絞り出す。

「なに、怖いって言ったらストーブ消してくれんの？」

「それは、寒いから嫌なんですけど……」

「お前さ、俺のこと怖がってるふりして全然怖がってねぇだろ」

……はじめて、瀬名先輩の口角が少しだけ上がって、笑っているような顔をした。

なぜ今笑うのだろうか。なんだか瀬名先輩は楽しげだ。

「こ、怖いですよ……。村主さんにも目をつけられてますし……」

「ああ、俺が桜木と会う用事あるって言ったからか」

「私は今までどおり、空気より目立たない存在で、そのまま卒業できることだけを望んでいるのに……」

「ノートごと、俺に忘れてほしい？」

忘れてほしいって言い方が正しいのか分からなくて、私は無言になった。

今、じつは私も少しだけこの時間が楽しく感じているのは、久々に人と話したからに違いないと、そう言い聞かせているところだったから。

おかしい。瀬名先輩がつくり出す、怖いんだか緩いんだか分からない空気感が、なぜか心地いいなんて。

瀬名先輩の瞳の色が、たまに優しく見えるから？

人と関わらなさすぎて、分からないよ。

そんなふうに戸惑っている私の顔を覗き込んで、瀬名先輩は提案をした。

「お前が俺の大切な人間になればいい。そしたらお前のことも、ノートのことも、全部忘れてやるから」

「え……」

「お前は俺と思い出づくりしろよ。そしたらばあちゃんも報われんだろ。まあ、いい思い出になるか知らねぇけど、無ではないわけだ」

私がこの人の大切な人になれるなんてこと、ありえない。

真っ先にその言葉が口を突いて出そうになったけれど、なんだか寂しい気持ちになって黙り込んだ。

……瀬名先輩の世界は、本当になにもないんだって。

瀬名先輩は、一〇〇パーセントただのヒマつぶしでこんなことを言っているんだということは、十分分かっている。

だけど、胸が少し痛むのはなぜ？

私と同じ、なにもない世界で生きている人だから？

「瀬名先輩にとって……、私と過ごすことは、ヒマつぶし以外に意味あるんですか」

「……ないな。まあ、俺にとって大切な人つくるってことは、無意味なことだから」

ストーブの火が燃える。

先輩のきれいな瞳に、炎の色が映っている。

先輩は悲しいのか、諦めているのか。

よく分からないから、じっと先輩の瞳を見つめていると、ぱちっと目が合って、見んな、と頭を小突かれた。

「せ、瀬名先輩……。一回目の記憶のリハビリ、しますか」

「は……？」

瀬名先輩は一瞬目を丸くして、私の顔を見つめた。

「ち、ちょっと待ってください。すぐに戻るんで」

瀬名先輩の顔の前に「待った」というように手のひらをかざして、私はすくっと立ち上がると、図書室から走り去った。

そして、図書室のわりとすぐそばにある校内のコンビニで、〝あるもの〟を買った。自分が経験して楽しかったと感じた思い出を……瀬名先輩にも分けてあげたい。なぜかそんな気持ちになったのだ。

小走りで図書室に戻ると、私は買ってきたものを瀬名先輩に見せる。

「……なんだ、それ」

「マシュマロです」

「いや、それは分かるけど」

私は袋からマシュマロを取り出して、レジでもらった割り箸に刺した。

せっせとマシュマロ棒を作る私を、瀬名先輩は白けた表情で見つめている。

「はい、これをストーブに近づけてください」

「俺、甘いの嫌いなんだけど」

先輩の嫌そうな反応を押し切って、私は無理やり手にそれを持たせた。

「どうぞ」

「お前、これが大切な記憶になると思ってんのか。なめてんな」

「おばあちゃんと、寒い日はよくやってたんです」

無表情で文句を吐き捨てる瀬名先輩の横で、私は割り箸に刺したマシュマロを、ストーブの前でくるくると回転させる。

薄茶の焼き色が広がっていくのを見つめながら、校内の有名人と一緒に焼きマシュマロをつくる自分の姿が、いまだに信じられないと思う。

こんなことが、瀬名先輩にとって大切な記憶になるなんて到底思えないけれど、今自分にできる最大限のことをしてあげたいと、一瞬でも思ってしまったが故の突発的な行動だった。

「甘……。初めて食べたわ」

「幼稚園とかでやらなかったですか？」

「どうだったかな」

なにかを思い出そうとしながら、瀬名先輩はぼんやりとひと口焼きマシュマロを頬張る。

とろりと口の中で溶けるマシュマロは、やはり冬の寒さを忘れさせるほど幸せな甘さだった。

もうひとつマシュマロを焼こうとすると、瀬名先輩がうしろからパシャリと私の写真を撮った。

「え、なんですか」

突然のことに驚き問いかけると、淡々と答える。

「もしかしたら、明日忘れてるかもしれないからな。ありえねぇけど」

温度のない瞳で、瀬名先輩はストーブの火を見つめている。

私はなんて返したらいいのか分からないまま、瀬名先輩と同じように、ストーブの奥でゆらゆらと揺れる赤い火を静かに眺めていた。


その日、登校して早々に配られたのは、進路調査書だった。

小山先生が、「書くのだる」とぶーぶー文句を言う生徒たちをなだめながら、説明を始める。

「ざっくりでもいいから書いておけ。まだぼんやりとしか大学決まってないやつも、国公立か私立かだけ記入しておけばいいから」

私は窓越しに、葉が一枚もついていない枯れ木を見つめていた。

昨日、久々に食べた焼きマシュマロは美味しかった。瀬名先輩は結局ひとつしか食べていなかったけれど、なんだか少し楽しそうにも見えた。

昨日の出来事を思い返してぼんやりしていると、窓の外から賑やかな声が聞こえてくる。

ホームルームの時間だというのに、堂々と登校してくる派手な男女グループ。

その中に瀬名先輩を発見した私は、ついつい目で追ってしまう。

距離が離れているのに、ぱっと目が合ってしまった。思わず驚き声が出る。瀬名先輩は私の方を見て、何やら指を差して伝えようとしている。

指を差した方角は……、おそらく図書室だ。

今日も会うってこと、かな……？

放課後は記憶のリハビリに付き合う流れになっていたけれど、本当に継続していくつもりなんだ。

……不思議と、いやではない。

なぜか、すんなり瀬名先輩と会うことを受け入れていて、まったく怖がっていない自分に気がついた。


「え」


「お前さ、俺が屋上指さしたのに、なんでいつまで経っても来ねぇんだよ」

「え……、あれ屋上指さしてたんですか……」

「まさかと思って、図書室に行ったらいるし」

あまりに理不尽な怒られ方に眉を顰めていると、無表情なままの瀬名先輩が私の頭を片手でぐしゃぐしゃにした。

放課後になった今、私ははじめてこの学校の屋上に来ている。

雪は降っていないけれど、とにかく寒い。風を遮るものがなにもない、こんな場所にいたら凍え死んでしまう。

「今日はなにをするんですか？　思い出づくり」

私は水色のマフラーに顔を押し付けながら問いかける。

「こっから紙飛行機飛ばす。距離負けたほうが肉まん奢る」

「そんな子供みたいなことして、どうするんですか」

「お前とだから、わざとバカな子供っぽいことしてんだよ」

いったいどういう意味だろう。

そういえば、いつも一緒にいる人たちとは、どんな遊びをしているのかな。

普通の高校生って何をして放課後を過ごしているんだろう。いつも直帰していたので想像したこともなかった。

「なんかいらない紙ねぇの？」

「そんなこと急に言われましても……」

「じゃあお前から奪ったあのキモいノート千切って飛ばすか」

「探します、探します」

真顔で恐ろしい提案をされ、慌ててリュックの中を漁る。

すると、ひらりと一枚のプリントが先輩の足元へと落ちてしまった。

瀬名先輩はそれを拾いあげると、じっと見つめる。

「桜木、進路とか決めてんの？」

「全然、決めてません……。もしや先輩も……？」

「バカか。俺はとっくに東京の大学に推薦決まってるわ」

「え……、じゃあ、家を出てひとり暮らしするんですか」

「そりゃそうだろ」

そういえば、瀬名先輩は学年で一番頭がいいと聞いたことがある。

だから多少の遅刻や居眠りも、教師にスルーされているんだとか……。

進路調査表をひらひらしている瀬名先輩の様子を見て、私はあることを思いだし胸をギュッと押さえ付けた。

「あんまり、見たくないんです進路調査表」

「なんで？　先のこと考えんの怖いとかそんなやつか」

「いや、全然違くて……」

「なんだよ、話してみろ」

「……聞いてもつまんないですよ」

「お前がつまんないのは通常だろ」

「ひ、ひどい……」

いつも通り毒舌をかました瀬名先輩は、私が千切った大学ノートの紙を奪うと、あぐらを掻いて紙飛行機を折り進める。

私も腰を下ろして、膝を抱えながら思い出したくもない過去を記憶の引き出しから引っ張り出した。

「本当にしょうもない話ですよ」

「おう」

「『げ、桜木と同じ高校なのかよ、進路変えよ』って……、言われたことがあるんです」

そう告げると、瀬名先輩は紙を持ったまま、数秒間をおいてからぶっと吹き出した。

「ウケるな。なんだそれ」

「ウケないですよ、全然……」

だから話したくなかったのに。

あれは忘れもしない、中学二年の冬のことだった。

同級生から仲間外れにされていた私は、進路調査票をクラスメイトに見られ、心ない言葉をぼそっとうしろでつぶやかれたのだ。

ぎりぎり聞き取れる声だったけれど、その言葉は胸に突き刺さり、いまだに思い出すたびに胸がきゅっと苦しくなる。

そんなふうに投げつけられた言葉が、中学時代にはいくつもある。

「なんで自分を傷つけた言葉って、呪いみたいになって消えてくれないんですかね」

遠くの景色を見つめながら嘆くと、ずっと笑っていた瀬名先輩が、完成した紙飛行機の先端で私の頬を刺した。

「痛っ⁉ なにするんですか」

「あ、そんな痛いんだこれ」

「痛いですよ！ 想像つきますよね」

「そんなもんなんだよ」

「え……？」

言葉の意味が分からないまま頬を押さえて見つめていると、瀬名先輩は気怠げに口を開く。

「あ、そんな痛かった？って……傷つけた側にしたらそんなもんなんだよ。他人の痛みなんかわかるわけねぇだろ」

「た、たしかに」

「忘れられなくて当然だ。俺も、思い出したら死にたくなるようなことばっか覚えてる」

それは、家族のことを言ってるんだろうか。

瀬名先輩の記憶障害の理由になった核のことなんだろうか。

どこまで近づいていいのか分からなくて、聞きだすことができない。

……強そうに見えても、私と同じように、言葉の呪いをかけられている。

そんなことで、先輩に親近感を抱いてしまう私は単純な生き物だ。

返す言葉に迷っていると、突然、頬に温かい指が触れた。

「……そんな痛いか。ごめん」

「も、もう痛くないです」

「あっそ」

顔に誰かに触れられることが家族や医者以外にはじめてで、驚きすぎて一瞬呼吸が止まった。

瀬名先輩のまっすぐな瞳に、自分の間抜けな顔が映ることが嫌で、ぱっと目を逸らす。

瀬名先輩は何事もなかったかのように立ち上がると、紙飛行機を持って右手を大きく振りかぶった。

そのとき、大きな追い風が吹いて、彼のきれいな髪の毛をふわりと揺らした。

飛行機は風に乗って水平に飛び、ゆっくりと降下していく。

夕暮れ時の空に、真っ白い紙飛行機が飛び立った瞬間は、少しだけ美しかった。

いろんな条件が重なって、想像以上に飛距離を伸ばした紙飛行機を見て、私は思わず拍手をしてしまう。

瀬名先輩は振り返ると、ふっと一瞬だけ目を細めた。

「勝ったな。まあ一応、勝敗決めるために落下位置、写真撮っておくか」

「あ、そうだ。これ勝負だったんですっけ……」

瀬名先輩は記録のためにスマホで写真を撮っていたけれど、飛距離に絶望している私を見て、すぐにスマホをポケットにしまった。

「いや、最早もうお前飛ばさなくてもいいよな。勝負ついてるし。行くぞコンビニ」

そう言い放つと、瀬名先輩は自分の荷物を持って出口に向かって歩きだした。

「待って下さい！　もっと飛ぶ可能性があるんで！」

私は無理やり引き留めて、手に持っていた飛行機を慌てて飛ばした。

しかし、追い風のないまま飛ばされた紙飛行機は、弱々しく降下していく。

落ち込む私を見ながら「無駄なことすんなよ」と言って、瀬名先輩は私の腕を引っ張り、出口に向かう。

「普段のおこないは絶対私の方がいいのに……」

「あ？　コーヒーも買わせんぞ」

「悪魔……」

落ち込みながら階段を下っていると、下から足音が聞こえてきた。

屋上に来るってことは……見回りの先生とか？

もしかしたら怒られるかもしれない、なんて思っていたけれど、現れたのは派手な女生徒……村主さんだった。

「あっ、瀬名先輩やっぱここにいたの⁉　今日カラオケ行こうって言ってたじゃん！」

「それ、お前が勝手に話してただけだろ。知らねー」

「はあ？　なんでそんなこと言うの」

怒っている彼女の視線が、だんだんとうしろにいる私に移動してきて、恐怖で自分の喉がきゅっと締まるのを感じた。

しかも、腕は瀬名先輩に掴まれたままだ。今、振り払うほうが余計に不自然だろう。

村主さんの大きな目に怒りが宿っているように見える。

「ねぇ、なんで桜木なんかと仲よくしてんの？　頭どっかで打った？」

「お前に関係ねぇだろ」

「なに、桜木みたいなのがタイプなわけ？」

瀬名先輩は村主さんを無視して、階段を下りていく。

私の腕もがっちり掴まれているため、強引に彼女の前を通り過ぎるしかなかった。

あまりに瀬名先輩の態度が冷たいので、思わずうしろを振り返ってしまう。

すると、村主さんは少し泣きそうな顔をしていた。

「瀬名先輩っ、私が告ったこと、普通に流してんなよ！」

彼女の痛みの欠片が、ちくりと私の胸にも刺さった気がした。

それくらい、切実な顔をしていたのだ。

好きだと伝えることが、どんなに勇気がいることか、私には分からない。

でもきっと、震えるほどの勇気が必要なのだろう。

どうしてそれを、瀬名先輩は無視できてしまうのだろう。

……きっとこの人は、優しいけど、優しくない。圧倒的に、なにかが欠落している。

大きな背中を見ながら、村主さんの痛みは感じ取れないんですか」

「……瀬名先輩、村主さんの痛みは感じ取れないんですか」

思わず問いかけると、振り返りもせずにこう答える。

「俺は俺のこと好きって言うやつが、大嫌いなんだよ」

返ってきたのは、シンプルな答えだった。

村主さんがはなをすする音が、遠く上のほうでかすかに聞こえて、私は思わず顔を上げた。

瀬名先輩は、傷つけることも傷つくことも怖くない人。

そして私は、そのどちらも怖い人間だ。

どちらが正しいかなんて、そんなの誰にも決められやしないだろう。

第二章

近づいていく

side瀬名類

図書室で焼きマシュマロ食って、屋上で紙飛行機飛ばして。いつもつるんでるやつらに、頭打っておかしくなったと言われても仕方ない。

マシュマロは砂糖をそのまま食べているみたいに甘くて、ひとつで十分だった。

紙飛行機を作って飛ばしたのは、たまたま先週家に遊びにきた齢《とし》の離れた従弟《いとこ》が、楽しそうに折り紙で遊んでいたから。

自分にもそんな幼少期があったとしたら、失った大切な記憶を、取り戻せるきっかけになるかもしれないと思ったんだ。

だけどそもそも、親とそんな風に遊んだことすら、まともになかったのかもしれない。

俺の幼少期の記憶はすごく曖昧で、雪が降る日の空みたいに、もやもやとしている。

「類、今日は遅くならないだろうな」

背の高い門を出たところで、しゃがれた声が背中から聞こえた。

祖父が若いときに建てたこの家は、昔ながらの日本家屋で、敷地も広く、気軽には入れなさそうな重厚な構えをしている。

背後から怒りの気配を感じ取り、ゆっくり振り向くと、灰色の髪の毛に眼鏡姿の祖父がまっすぐ俺を見つめている。

「受験が終わってるからと言って、遊びばかりで入学に支障をきたすようなことをするなよ」

「分かってる」

「お前は人と違う。だからその分、どんな人間と付き合っていくのか、ちゃんと見極めなさい」

人とは違う……いつもの決まり文句だ。

俺は飽き飽きしながら聞き流し、門を抜けて家を出た。

祖父は、心配で仕方ないんだろう。

……俺が、自分の娘と同じような危険人物になっていくことが。

「さっむ」

卒業まであと二か月だ。

吐いた白い息の行く末を見つめながら、俺は断片的に残る記憶を呼び戻してしまった。

放火事件後、この家は警察や記者に囲まれて、祖父は実の娘がいったいどんな人間だったのか、さんざん説明を求められていた。

そこそこ有名な弁護士だった祖父は、ある程度顔が知れていたので、近隣住民に噂はあっという間に広まった。

まさか、自分の娘が一家心中をするために放火したなんて……信じられなかっただろう。

尊大だった祖父の背中は丸くなり、『申し訳ない、申し訳ない』と弱々しく頭を下げるばかりだった。

俺の肩を抱きながら、『この子の人生は、私が死ぬまでしっかり責任取ります』と、そんなことも言っていた。

数年前に祖母を病で亡くし、家政婦を雇ってずっと静かに過ごしていた祖父だ。それなのに、突然孫と一緒に暮らしていくことになり、その決断をするにはどれほどの覚悟が必要だったのだろう。

母の事件が原因で、結局祖父は長年続けていた弁護士の仕事を辞めたのだ。

俺は祖父の家に引き取られてから、しばらく心ここにあらずで、どうして祖父があんな見ず知らずの人たちに謝っていたのか、どんな気持ちで仕事を辞めたのか、なにも分からないでいた。

「あ……、なんだこれ」

コートのポケットの中に手を突っ込むと、カサッと音がしてなにかを見つけた。

ゆっくりそれを取り出すと、『るいおにいちゃん　またあそんでね』と書かれた折り紙が入っていた。

ただ飛行機の折り方を教えただけなのに、あれが遊んでもらったことになるのか。

従弟にとって、ひとつの思い出になったんだろうか。

俺はそれを再びポケットに戻して、駅に向かって歩き出す。

突き刺すような冷気を肌で感じながら、なにひとつ大切な思い出を残せない自分の人生と、ささいなことが思い出となっていく従弟の人生を重ねた。


小学校の教師、顔も名前も覚えてない。

中学校のクソ教師、他校生徒のケンカで濡《ぬ》れ衣《ぎぬ》を着せられたので覚えてる。

高校の教師、インパクトがないのでたぶん普通に忘れる。

最近放課後に会っているあいつ、変なやつだから、覚えやすい。

「類、ご飯買いに行こー」

昼休み、机の上で突っ伏していると、クラスメイトの女子・岡部《おかべ》が、やたらと大きなピアスを揺らしながら話しかけてきた。

基本的に自由な校風といえど、彼女の金色に近いボブヘアはかなり目立つ。

「……行こうかな」

俺は数秒停止してから、とくにやることもないし、ついていくことにした。

すると岡部はもうひとりにも呼びかけた。

「菅原《すがわら》も行こうよ。お昼ないっしょ？」

「おー、なに。久々に類も来んの？」

窓際で眠たそうにしていたガタイのいい男子……菅原が、俺を見て珍しそうな顔をした。こいつも鎖骨上まで伸ばした長髪スタイルで目立っている。

俺はなにも言わずに教室を出ようとしたが、岡部がぴったりとくっついてくる。

教室を出るときに、ちょうど中に入ろうとしていた女子と岡部がぶつかり、相手が反射的に頭を下げた。

「ご、ごめんなさい！　大丈夫？」

「ってえな」

低い声で岡部はそう言い放ち、舌打ちをした。

女子は怯えきった顔で謝りながら立ち去り、すぐさま友人の元へ駆け寄っていく。

あきらかに不機嫌そうな岡部を、菅原がすかさずなだめる。

「まあまあ岡部ちゃん、そんなキレないで」

「あの子いつもどん臭くて人にぶつかってない？」

「絶対偏見だから、それ」

岡部の攻撃的な態度を見て、昨日の桜木の姿が思い浮かんだ。

言葉の呪いは解けないと、何年も傷の痛みを引きずっていたあいつ……。

岡部のキツイ言葉を受けて、あの女子は今、どんな気持ちなんだろうか。

がらにもないことを想像してしまい、俺は急にすべてがだるくなった。

「ねぇ、類って最近放課後なにしてんの？　変な女にハマってるとか、頭おかしくなったとかって、村主が言ってたよ」

俺の機嫌が悪くなっていることに気づかずに、岡部は笑顔で話しかけてくる。

俺はなにも答えないまま校内にあるコンビニへと向かうが、菅原も同じように話しかけてくる。

「ていうか類、村主に告られたんだろ？　オッケーしたの？」

「するわけないじゃんね、類はメンヘラ嫌いなんだから」

「はは、たしかに。じゃあ放課後遊んでるのが新しい女？　今度俺らも混ぜてよ」

「類が気にいる女の子なんて、珍しすぎるもん。あたしも仲よくしたいなー」

なにも話していないのに会話が勝手に進んでいく。

俺、なんでこいつらと一緒にいるんだっけ。

こいつらがよってたかって桜木に心ない言葉を放つ姿が容易に想像できてしまい、勝手に怒りすら感じていた。

よく分からないけど、絶対に桜木とこいつらを出会わせたくない。見せたくない。

「ねぇ類聞いてんの？　いい話あるから、今日お昼誘ったんだよ？」

あまりに岡部がうるさく付きまとうので、俺はようやく「なんだよ？」と言って、岡部の言葉に反応した。

彼女は「やっとこっち向いた」と怒りながらも、ごそごそと財布からなにかを取り出して俺に見せつけた。

「遊園地のタダ券！　お母さんからゲットしたの。類にもあげるから、うちらで行こう？」

「遊園地って、こっから二駅先のおんぼろ遊園地か」

「そうそう、乗り物が壊れそうで、別の意味で絶叫系がめちゃ怖いってやつ」

あいつはどうせ、友達と遊園地に行ったことなんかないんだろうな。

そのチケットを見て、すぐに桜木の顔が浮かんできた。

誘って、無理やり絶叫系アトラクションに乗せたら、どんな反応をするだろうか。

もう想像するだけで面白い。

「もらうわ、サンキュ」

「あっ！　私たちと行くためにあげるんだからね！」

岡部のセリフを無視して、俺はチケットを手に取った。

そのとき、ふと顔を上げると、廊下の先にうつむきながら歩く桜木の姿を見つけた。

コンビニに向かったあとだったのか、手にパンを持っている。

相変わらずその表情は暗く、近寄りがたい空気を生み出している。

笑ったらじつは結構かわいい顔しているんじゃないか、なんて、最近血迷ったことを思うようになってしまった。

そういえば俺、あいつの笑った顔、一回も見たことねぇな。怯えているか、焦っている顔だけだ。

廊下の隅を静かに歩く桜木を見つめていると、俺の視線の先を追った岡部が話しかけてきた。

「あの子気になんの？　負のオーラやばいよね。同じ学年の妹が、座敷童子って呼んでた」

「……聞いてねぇこと勝手に話してくんな」

思わず苛立ち、無表情のままそう言い捨てると、岡部もさすがにカチンときた様子で言葉を続ける。

「なに、ムキになってんの？　もしかして村主が言ってた女子って、あいつのこと？」

「え、ガチ？　意外と地味な感じが好きだったの？」

「お前らだるいよ。質問してくんな。もう今日帰るわ」

岡部たちと桜木を接触させたくなくて、この話題をなかったことにしようとすると、突然岡部が大声を出した。

「ねぇー、そこの一年」

岡部の若干ドスの効いた声に、その場にいた数人の生徒がザワつく。

なんだこいつ、なにがしたいんだ？

桜木はとくに反応もせずにうつむいたまま立ち止まり、低い声で「はい」と返事をした。

「あんた最近、類と仲いいって本当？」

岡部に肩を掴まれ、桜木の髪が一瞬頼りなく揺れる。

俺はすぐに岡部の腕を取って、桜木から引き離したが、岡部は強気でせまる。

「だったら、私たちとも仲よくしてね。私、類の友達だから。よろしくね？」

「おい、桜木に絡むな」

「なんなの、普通にお話ししてるだけじゃん」

桜木はなにも言わずにうなずくと、すっと俺たちをすり抜けて、立ち去っていった。

岡部はとくに追いかける様子もなく、その様子を見つめている。

ザワついた生徒たちが、不安げな視線をこちらに寄せている。

俺はこれ以上騒ぎ立てたくなくて、黙って岡部のことを睨みつけていた。

「なんか気まずい空気な感じ？」

菅原は俺たちの顔を交互に見ながら笑った。

「岡部お前もう、俺に話しかけんな」

「……なんなの、意味分かんない」

「じゃあな、タダ券も返すわ」

岡部に渡そうとしても、断固として受け取らないので、俺は菅原に無理やり押し付けてその場を去った。

記憶を保てない俺にとって、どんな人間関係も刹那だ。

それなのに、どうして桜木をバカにされただけで、俺の心はこんなにも動くのだろう。

心が動くほど、俺はあいつのことを忘れていくというのに――。

少し早歩きしただけで、すぐにどんよりとしたオーラをまとった、あのうしろ姿を見つけた。

こいつどんだけ歩くの遅いんだよ。どうでもいいけど。

ている。

「桜木琴音」

フルネームで名前を呼ぶと、彼女はゆっくりこちらを向いて、うんざりした顔をしている。

「ちょっとこっち」

「わっ」

人目を避けるために、俺は桜木を資材室に連れ込んだ。

真っ黒な遮光カーテンで閉じられた資材室は薄暗く、わずかに漏れた光で足元がようやく見えるほどだった。

「び、びっくりした……、なんですか」

桜木は突然腕を引っ張られ連行されたことに驚いているのか、俺の顔を珍しくしっかり丸い目で見つめてきた。

思わずさっきのフォローをしなければと思い呼び止めたが、そういえばなにを言うのかを考えていなかった。

薄暗い資材室にふたりきり。

ドアの外からは、生徒が楽しげに昼休みを過ごす声が聞こえてくる。

「……なに買ったの、パン」

「へ……？　みたらし団子パンですけど」

「は？　訳わかんねぇパン買うな」

「なにギレなんですかそれ……」

苦し紛れの質問に、桜木は訝《いぶか》しげに眉を顰めた。

「もしかして、さっき絡まれたこと心配してくれてるんですか？」

「そんな訳ねぇだろ」

つい秒速で嘘をついてしまった。

桜木は「そりゃそうですよね、人に関心ない瀬名先輩が」と言って、フッと鼻で笑った。

「みたらし団子パン、本当は食べたかったんですよね……？　ひと口あげたら気が済みますか」

こいつ、なめてんな俺を。

俺がパンのカツアゲをしにきたと思い込み、紙袋からパンを取り出している。

こんな意味不明なパン食いたいわけねぇだろ。

頭の中では突っ込みの嵐だったが、俺は桜木が手にしているパンを、桜木の手ごと包み込んでひと口食べた。

思わぬ至近距離に、桜木は息を止めているのがわかる。彼女の丸い目を見つめながら、俺は「まずい」と言い放った。

「に、人気のパンはすぐ売り切れちゃうんですよ……」

「こんな意味不明なパン、忘れねぇわ」

「なら、よかったですね……？　記憶のリハビリになって」

こんなテキトーなことを言う桜木といることが、なぜ俺は少しだけ心地いいと思っているんだろう。

周りには、俺の記憶障害を不安がる大人しかいないから？

それとも、無理やり俺に合わせてくる不自然な友人しかいないから？

普通の高校生の会話ってやつを、桜木とだけできている気がするから？

自問は絶えず、胸の中で桜木の存在が色濃くなっていくのを感じる。

もっと、こいつのいろんな顔が見てみたい。

そんなふうに思って、おもむろに桜木の額に手を添えて、無理やり顔を上げた。

桜木の少し茶色い髪が、カーテンから漏れた光に照らされて、白く透き通って見える。

肌は雪のように白く、長い前髪からのぞく目は丸くて動物のよう。

「……なあ、土曜ヒマだろ。どうせお前友達いないし」

「ひ、ひどい……」

「土曜十二時に、西花園《にしはなぞの》駅の時計台前に集合な。遅れたらノートのことバラす」

「え……？」

「分かったら返事」

俺は桜木の頬を人さし指と親指でつまんで脅した。

桜木は訳が分からないといった表情をしながらも、こくこくと頷いている。

こんな脅しめいた誘い方あるか、と思いながら、桜木の頬から手を離した。

……もし、こいつが自分の中で本当に大切な人になってしまったら。

忘れることも、忘れたくない存在が自分の中に生まれることも、本当は怖い。

俺はきっと、従弟のように〝なんでもないことが大切な思い出になる〟経験をしたいだけなんだろう。

たとえ明日、忘れたとしても。

side桜木琴音

西花園駅の時計台前に、十二時集合。

さっき、強引にそんな約束を取り付けられて、私は混乱していた。

休日に学校の人と会うのなんて、いったい何年ぶりだろう。

リュックの肩ベルトを両手で持ちながら、私は今、瀬名先輩の言うことをどこまで本気にしていいのか分からないまま帰宅している。

西花園駅なんて、古びた遊園地しかない駅だ。まさかそこで思い出作りをするつもりなんだろうか。

……瀬名先輩の友人らしき派手な女子に絡まれたけれど、あらためて瀬名先輩が私なんかに構う理由が分からなくなってしまった。周りが、私の存在を不審に思うのは当然だ。

ただ、瀬名先輩はどことなく、あの人たちと一緒にいても楽しそうじゃなかった。

ここは自分の場所ではないというような、所在なさげな顔をしているように見えた。

そんなことをぼんやり思っていると、ふとスマホがポケットの中で震えた。母からのメッセージだ。

【悪いけど、今日の夕飯は買って食べてね】

「……了解、と」

いつも仕事で忙しい母は、家にいるときもずっと眉間にしわを寄せている。

学校での雑談などとてもできない雰囲気で、家の中の空気を支配しているのだ。

私はテキトーなスタンプを押して、ちょうど目の前にあったコンビニに入ろうとした。

が、運悪くコンビニの前には派手な女子高校生が三人ほどたむろしている。しかも制服はうちの高校だ。なんとなく嫌な予感を抱いたまま、スマホをぎゅっと握りしめて入店しようとした。

そのとき、三人の高校生のうちのひとりが、小銭を落としてしまった。

チャリーンという音が足元まで近づき、私はとっさにそれを拾い上げる。

「あ、サンキュー」

「い、いえ……」

目を合わさずにさっとお金を渡そうとすると、鋭い視線を感じる。

「桜木じゃん。陰気なオーラ出すぎ」

声を聞いて思わず顔を上げると、不機嫌な顔をした村主さんが立っていた。

相変わらずきれいな茶髪を掻き上げて、眉間にしわを寄せている。

なにも言えないでいると、彼女は私の腕をがしっと掴んで、「ちょっと話そう」と言ってきた。

「えっ、話すってなにを……」

「いいから」

彼女は友人たちに別れを告げると、ぐいぐい腕を引っ張って、どこか別の場所へ移動しようとしている。

「す、村主さん。いったいどこへ……」

私の質問を無視したまま大通りを渡ると、目の前にファミレスが近づいてきた。

村主さんは店内へと入り、店員さんに慣れた様子で案内をお願いする。

平日の夜だから、店には仕事帰りの会社員や、部活帰りの学生が多い。

窓際の席に案内されると、村主さんはどかっと茶色いソファ席に座り、メニュー表を広げた。

「私たらこパスタ。アンタは?」

「えっ、あ、じゃあ、チーズハンバーグで……」

早すぎる展開についていけない私は、とりあえず目についたメニューを読み上げた。

すると、村主さんは手を挙げて店員さんを呼び、ふたつの料理を頼んだ。

村主さんは一息つくと、お冷やを飲みながら、大きな瞳でこちらをじっと見つめてくる。

瀬名先輩と関わりを持ってから、私の平坦な毎日はどこかへ行ってしまったのだろうか……。

「ねぇ、アンタ瀬名先輩の記憶障害のこと知ってて仲よくしてんの?」

沈黙は、村主さんのストレートな質問によって破られた。

仲よくしているかどうかはさておき、記憶障害のことに対してこくんと頷いた。

「ふぅん。なんか瀬名先輩の助けになるような能力でもあんの？　心理的ケアができるとか」

「まさか！　なにもできないです」

「じゃあなんで一緒にいんの？　普通に教えてほしいんだけど」

村主さんは、至って冷静にそう聞いてきた。彼女はただ、本当に理由が知りたいんだろう。……瀬名先輩のことが、好きだから。

なにか探りたいわけでもなく、苛立っている様子でもなく、すごく純粋な感情をぶつけていることだけが分かり、私は少しほっとしていた。

「弱みを握られて、それと引き換えに記憶のリハビリに付き合ってくれって言われたんです」

「記憶のリハビリぃ？　ていうか同級生なのになんで敬語。やめて」

村主さんが訝しげな表情をしたところで、料理が運ばれてきた。

私は、ハンバーグが鉄板の上で焼かれる音に掻き消されそうなほど小さな声で「うん」と返事をした。意外にもフレンドリーに話してくれることに、驚きを隠せない。

長い髪を耳にかけて、たらこパスタを頬張っている村主さんに、今度は私から問いかける。

「あの、瀬名先輩の記憶障害って、どれくらいのものなんだろう……」

「まず約束守らない。瀬名先輩と休日会うのは難易度Eクラス」

「えっ」

すぐに土曜日のことが頭に浮かんで、瀬名先輩と連絡先を交換していないことを不安に思った。

「なに？　なんか約束してんの？」

「あ、土曜日に西花園駅で待ち合わせしていて……」

「あー、それたぶん来ないよ。まあ本人は約束自体忘れてるから、悪気ゼロだけどね。こっちも一応誘ってみるけど期待してないし」

「な、なるほど」

「覚えておかなきゃって思うほど、忘れるんだろうね。まあ皮肉にもいつも瀬名先輩の周りに集まってる私たちの存在は、忘れられたことはないけど」

「覚えておかなきゃって思うほど……」

それってすごく、大変なことだ。

もし自分がそうなったらどう生きていくべきか……想像がつかない。

「でもさ、忘れられたらそれが愛されてる証拠だなんて、超ドラマチックじゃない？」

村主さんは、一瞬目を輝かせながら私に同意を求めてきた。

設定だけ聞いたら、たしかにどこかの映画のようだけど……。

返す言葉に困っていると、村主さんのスマホが連続で震えた。

「あ、彼氏だー」

「えっ⁉　瀬名先輩のこと好きなんじゃ……」

思わず反射的に突っ込んでしまうと、村主さんは「つまんないこと聞くな」と低い声かつ早口で答えた。

「瀬名先輩は本当に好きな人。だって絶対、私のこと好きにならないから」

「はあ……」

理解できないまま頷く私に、村主さんは説明を続ける。

「で、彼氏はただ私のことを好きでいてくれる人のこと。存在意義が違うから、別々に必要なの」

「好きな人と、好きでいてくれる人は、違う役割……？」

「好きな人はひとりでいいの。好きでいてくれる人は、多ければ多いほど効果大」

「それってどんな効果が……」

「承認欲求。常に誰かに認めてもらいたいの」

清々しいくらいきっぱりと答える。

私は自分の知らない考え方に、ただただ感心するばかりで、返す言葉が出てこない。

村主さんは器用にも片手でスマホをいじりながら、次々にメッセージを返していく。

「私、自分でも分かってるけど、超メンヘラだから」

「メンヘラ……」

その言葉に、私はどんな顔をしていいのか分からない。

村主さんはなにかのスイッチが入ったかのように、自分を語り始める。

「ちょっとでも不安な気持ちになりたくない。だけど、瀬名先輩は私のことを不安にさせるから好きなの」

「村主さんにとって、気持ちが不安定な状態が恋ってこと……?」

「んー、別にそうじゃない。でも、いつも私が好きになる人は、私を好きになってくれないだけ」

まさかそんなことまで大っぴらに、私なんかに話してくれると思わなかった。

村主さんのこと、派手で怖いと思っていたけど、全然そうじゃない。

想像以上に……私と同じように、自分に自信がない人なんだ。私とは見た目も性格も正反対なのに。

なんだか親近感を覚えかけたそのとき、村主さんは突然、鬼のような形相になった。

「でも、瀬名先輩が好きなのは本当だから。記憶のリハビリとかよく分かんないけど、桜木、あんま調子乗んなよ」

「あ、はい……」

情緒が不安定すぎる。

緩みかけた気持ちを引き締めて、私はようやくハンバーグを口にした。……味がしない。

村主さんも同じようにパスタを頬張り、タタタタと高速でメッセージを返していく。

そのメッセージを受け取った彼氏を、村主さんは信用していないんだろう。

ただ、自分のことを認めてくれる人を常に確保しておきたいため。

……それが安心するということは、なんだか少しわかる。

人間誰しも、自分を受け入れてもらえる場所を探しているから。

それを〝メンヘラ〟と一言で片づけることは、なんだか少し違う気がするけれど、私はうまく伝えられずにいた。

「……瀬名先輩は、私と一緒なんだ」

ひととおりメッセージを返し終えたのか、村主さんはぽつりとつぶやいた。

「当たり前に普通の幸せを手に入れられるやつなんて、つまんない。家族同士仲いいやつとか、部活バカみたいに真剣になってるやつとか。そういうやつ見てると、勝手に煽られてる気分になって、ムカつくんだよ」

「村主さん……」

「瀬名先輩は、私と一緒で普通の幸せを知らないから、安心する。きっと先輩も、私と同じ位置にいる」

そのとき、ふと瀬名先輩が言っていた言葉を思い出した。

『お前とだから、わざとバカな子供っぽいことしてんだよ』

よく意味が分からなかったけれど、瀬名先輩は〝普通〟の思い出を作りたいだけだったのかもしれない。

ただの憶測にすぎないが、先輩は、普通じゃない自分とずっと葛藤しているんだろうか……もしかしたら村主さんも、同じように。

普通の基準がなんなのかなんて、誰にも決められないことなのに。

「私からしたら……村主さんも十分学校を楽しんでる普通の女の子に見える」

ぽつりとこぼすようにつぶやくと、村主さんは一瞬驚いたような表情をした。

きっと、村主さんは誰にも共有できない孤独を持っている。

「知ったような口聞くな」

少しの沈黙のあと、村主さんはキッと私を睨みつけ、言い返す。でも私は、謝らなかった。

……そんなに自分を落とさないで。誰かと比べないで。

思ったことを、ちゃんと伝えられない。

私がひとりになった理由は、こういうところにあるの、忘れていた。

落ち込みながら、私は消え入りそうな声で「ごめん」と謝る。

調子に乗って話さなきゃよかった。

「まあとりあえず、瀬名先輩がアンタのこと恋愛の意味で好きじゃないって分かったからいいや。ライバルになりそうなレベルじゃないし、もう興味ないから大丈夫」

「はあ……」

「はい、お金。じゃ、先に帰る」

「えっ、これ多すぎっ……」

テーブルには二千円が置かれている。

私はすぐに千円札を返そうとしたが、「私からしたら、はした金なんだけど」と言われ、突き返されてしまった。お家が裕福ということだろうか。でもそれは私には関係ない。

「村主さん。いいよ、自分の分は自分で払うからいらないよ」

「皆みたいに素直に喜んで受け取ってよ」

必死に返そうとしたが、村主さんはそう言い放つと、カバンを肩に担いで去っていってしまった。

私はお札を持ちながら、しばらくその場に突っ立っていた。

家に帰ると、自分の部屋で村主さんとの会話を思い出し、なんとか自分なりに噛み砕こうとした。

村主さんの言う〝ただ私のことを好きでいてくれる人〟は、私にとってのばあちゃんのような存在ということだろうか。

ツラいことがあっても、クラスメイトからハブられても、ばあちゃんがいるから大丈夫。そう思って学校に通っていた中学時代。

まさか中学の卒業式当日に亡くなるなんて、思ってもみなかった。

ばあちゃんが世界からいなくなった日から、ばあちゃんが残したものや言葉が私のお守りになった。

『高校生になったら、友達は作らなくてもいいから、ばあちゃんに話せるような思い出、作ってね』

ばあちゃん、ごめん。本当にまだ、友達はできそうにないよ。素敵な思い出もない。

私はまだ、人と関わることが怖い。

傷つけられたり、傷つけることが怖い。

でも最近、瀬名先輩や、その周りの人と話す機会が増えて、自分だけって思っていた考えが、意外とそうじゃないことも知ったよ。

皆、傷つくことは怖いんだ。

村主さんが持っている、自分だけが普通になれないという呪いは、その後の人生を左右するほど強烈だ。

いったい誰が、そんな呪いをかけたんだろうか。

誰かに認められたら解けるような、そんな単純なものじゃないよ。


「来ない……」

あっという間に、約束の土曜日が訪れた。

私はいつものダッフルコートの下に、パーカーとジーンズという地味な姿で瀬名先輩のことを待っていた。

駅前は遊園地に向かう家族連れで溢れ返っている。

壁にもたれながら、私はぼうっと目の前にある時計台を見上げる。

覚悟はしていたけれど、瀬名先輩は本当に忘れているのだろうか。

「寒い……」

両腕で自分の体を抱き締める。吐いた白い息が空に消えていくのを見つめ終えてから、私はゆっくり目を閉じて、瀬名先輩のことをなんとなく思い浮かべてみた。

今頃、私との約束なんて忘れて、ベッドに寝そべってスマホゲームでもしているんだろうか。

そう思うと腹が立ってくるけれど、なにせ連絡先を知らないので怒れない。聞いておけばよかったと今さら後悔している。

今までいったい何人の人が、こうして瀬名先輩のことを待っただろうか。

会ったこともない誰かを思い浮かべていると、ふわりと頬に冷たいものが当たった。

「あ……雪だ……」

目で追えるほどゆっくりと落ちてくる雪。

私は思わず手の平で雪の結晶を受け止める。

たった今笑顔で園内に向かっていく子供たちも手袋をしていないけれど、風邪を引かないかな。手袋をしていない方が、母と手を繋いだ時温かいのかな。

しまった。今日は手袋を忘れてしまった。

そんなことばかり、浮かんでは消えていく。

無駄に時間を潰さずに、もう帰ればいいのに。分かっている。

だけどあのとき、瀬名先輩は真剣な顔で誘ってくれていた気がするから。

あの表情が頭に焼き付いて、私の足を動かなくさせる。

「まだ寝てんのかな、先輩」

人々が、次々に時計台前で友人たちと合流し、遊園地へと向かっていく。なぜこんな雪の日にわざわざ……と思ったが、駅の壁に掲示されていたポスターを見るに、今日はどうやらアイドルのイベントがあるらしい。

何十分とここに突っ立って独り言をつぶやいている私は、きっと変な人に見えるだろう。

情報を遮るようにまた目を閉じると、不思議と、過去の瀬名先輩の妄想が膨らんでいった。

……友人たちとの約束をふと思い出して、慌てて場所に向かうも、誰ひとりその場所にいない。

立ち尽くし、自分に絶望して帰る瀬名先輩。

そんな瀬名先輩が、皆の知らないところで存在していたかもしれない。

そのたびに、自分のことを嫌いになっていたかもしれない。

どうしてだろう。こんなのただの妄想なのに、胸が切ない。

きっと、自分を好きでいてくれる人っていうのは、自分を信じてくれる人って意味だ。

そう思うと、私は今、この場所を動けないよ。

だって私も、ほしい。自分を信じてくれる人。

永遠じゃなくていい。

そのときだけでも自分を信じてくれる人がいたら、なにかがちょっと変わる気がするから……。

「桜木」

少し焦ったような、低い声が聞こえて、私はゆっくり目を開けた。

いったいどれだけ時間が経っていただろう。

寒い中棒立ちしていたせいで、足がすぐに動かない。

私はゆっくりと顔だけ上げて、私の名前を呼んだ人を見つめた。

そこには息を切らしている瀬名先輩がいて、そのうしろにある大きな時計は、待ち合わせの時刻から三時間過ぎた時刻を表示していた。

瀬名先輩は、かける言葉を探しながら、私のことを見つめている。

私は、いろんな文句が頭に浮かんだけれど、さっき勝手に妄想していた〝友人たちと待ち合わせ場所で出会えなかった瀬名先輩〟を救えた気がして、なぜかほっとしていた。

「よかった……。会えましたね」

だから、こんな言葉しか出てこなかったんだ。

言葉とともに、白い息が視界を遮った。

自分の吐息で、そのときの瀬名先輩の顔が、よく見えなかった。

けれど、気づいたら私は、なぜか瀬名先輩の腕の中にいた。

冷えて赤くなった手を強引に引かれ、私は瀬名先輩の胸にぎゅっと後頭部ごと手で押さえ付けられている。

瀬名先輩の心臓の音が、信じられないくらい近くで聞こえて、私はようやく今の状況を理解した。

「せ、瀬名先輩……？」

「お前、バカじゃん……。普通帰るだろ……」

瀬名先輩は、動揺した私を抱きしめたまま、聞いたことないくらい震えた声を出した。

そして、言葉とは裏腹に、私を抱き締める力を強くする。

周りの人の視線が刺さる。先輩、ただでさえ目立つ人なのに。

注目されることが大の苦手な私は、今すぐここから逃げ出したい衝動に駆られた。

だけど、私を抱きしめる瀬名先輩の手が少し震えていることに気づいて、胸が苦しくなって、動けない。

……動けないよ、先輩。

「瀬名先輩……」

「なんだよ」

「私、ジェットコースター五回は乗りたいんですけど……」

「……ひとりで乗れよ」

抱き締められながら、私はいつもどおりの横暴な態度に、少し安心していた。

傘も持たずにやって来た瀬名先輩は濡れていて、そのことに気づいた私は、再び胸が苦しくなったのだった。

……この人の体が少しでも早く、温まりますように。

早く春が、訪れますように。

そんなことを思いながら、瀬名先輩の背中に舞い降りた雪を、そっと指先で払ったのだった。

忘れたくない景色

side瀬名類

村主から【今日桜木と遊ぶんだって?】という連絡が来て、数秒思考が停止してから、徐々に記憶の断片が集まって桜木との約束を思い出した。

――約束だけならまだしも、俺は一瞬、桜木の存在自体を忘れていた。

世界が一時停止したように感じて、俺はベッドの中で自分の頭を抱えたまま固まる。

嘘だ。いや、でも本当に、今、桜木という名前を聞いて顔さえ浮かんでこなかった。

「怖……」

つぶやいた声は、古い木造の壁や天井の中へ消えていく。

俺は、犬のように頭をぶんぶんと横に振ってから、すぐに出かける支度をした。

どんなに急いだって、着くころには三時間も遅れてしまう。

桜木は、絶対、もういない。分かっている。

俺だったら絶対帰ってる。

怒ってるだろうか。

そりゃそうだ。自分から誘ったのに。

……外に出ると、いつもどおりの灰色の空。

わずかに雪が降っていたが、俺は構わず駅へと向かって走る。

いるわけない。ありえない。そう思っていた。

しかし、待ち合わせ場所に着くと、時計台の下で目を閉じて突っ立っている人の姿が見えた。

「桜木……」

どうしてだ。

お前、どうしてこんな寒空の下、俺のことなんか待ってんだよ。

鼻の先も、手も、頬も、全部赤い。

思ってもみない展開に、言葉が出てこない。

なんて言ったらいい。ごめんも、ありがとうも、違う。

心臓が握り潰されたように、苦しい。

こんな感情、はじめてで、どうしたらいいのか分からない。

「よかった……。会えましたね」

手をカタカタと震わせながら、力なく笑う桜木を見たら、衝動的に体が動いてしまった。
桜木のコートがしわになるほど、強く強く抱き締める。こいつが戸惑っていること
なんか、知らない。関係ない。
心臓が苦しいから、抱き締めた。
「せ、瀬名先輩……？」
「お前、バカじゃん……。普通帰るだろ……」
認めたくないけど、分かってしまった。
俺は、桜木を、忘れたくない。
今この瞬間、強くそう願ってしまったんだ。
そう願えば願うほど、桜木のことを忘れていくというのに。
土曜日はそのまま遊園地で閉園まで遊んで帰った。
そして、月曜になった今、あの時の自分を冷静に振り返っている。
俺はいったい今まで、どれだけ大切な人を忘れてきたんだろう？
その人自体を忘れてしまったら、痛みさえ残らないのだから、俺にとってはなんの
ダメージもない。
だから、どんなことも捨てて生きてこられた。

今回もそれでいい。

高校のやつらもどうせ、卒業したら二度と会わないような関係だ。

だから土曜日の自分は、自分じゃないみたいで、怖い。

そんな感情からは、逃げてしまいたい。

「あれっ、瀬名先輩！　なんで今日来てくれたのー？」

ドアを開けた俺を見て、村主が目を丸くして驚いていた。

菅原に連れられて、俺は久々に村主や岡部、その他名前の知らないやつらとカラオケ店に集まっていた。

薄暗い室内で、男女が上手くもない歌を歌ってバカ騒ぎしている。

「ヒマそうにしてたから連れてきちゃった」

「菅原先輩、最高ー！」

菅原の調子のいい言葉に、村主は目を輝かせ喜んでいる。

すべての言葉を無視しながらソファ席に座ると、村主がすぐに隣に移動してきた。

「瀬名先輩っ、なに飲む？」

「お前の学年、この時期実力テスト近いのに遊んでていいのかよ。卒業できんの？」

「できるし！　いざとなったら金の力で解決するし」

村主の家は代々医者の家系で、村主もその道を期待されていたが、今の様子を見ると医療系の進路には興味ない様子だ。

村主の抱きつきを右腕でガードしながらスマホをいじっていると、左隣に岡部が座ってきた。

「類、久々だしなんか歌いなよ」

岡部にデンモクを渡されたが、俺は「いい」と一言冷たく返す。

すると岡部は不服そうな顔をして、俺の服の袖を引っ張った。

「ねぇ、この前のことまだ怒ってる？　ごめんって。もう絡んだりしないから」

「え、この前のことってなんですか？　岡部先輩と瀬名先輩、ケンカしたんですか？」

「村主うるさいよ？　なんでも話入ってこないで」

ただただ、雑音欲しさにこの場所に来てしまった。

桜木のことを考えると、心臓が痛くなって、苦しいから。

大切なものなんてないほうがいいに決まっている。

刹那的な人付き合いの方が楽だってこと、この部屋にいるやつらも皆知っているはずだ。

頬杖をつきながら、爆音で流れる音楽を聴いていると、村主が俺に抱き付いてきた。

「瀬名先輩！　この前の私の告白どう思ってるの？　ちゃんと考えてくれてる？」

「いや、もう秒で答えただろ、あのとき」

「じゃあ私と付き合わなくていいから、一生誰とも付き合わないで！　誰のことも好きにならないでね？」

村主の言葉に、岡部が失笑気味に「出たよ、村主のメンヘラ」とつぶやいた。

どうしてこいつは、当たり前のように人に好きだと言えるんだろう。

そして、自分のことを好きだと言ってほしがるのだろう。

村主が本気で俺を好きじゃないことも、ほかに男が何人もいることもとっくに知っているし、それに関してなんの感情もない。

でも今の俺には、桜木のことを考えすぎないための〝雑音〟が必要だ。

「……え、瀬名先輩、じっと見つめてどうしたの？」

村主の顔を見つめながらそんなことを考えていると、彼女は不思議そうに首を傾げた。

「村主、俺と付き合う？」

「……え⁉　なに、嘘だ！」

「嘘だけど」

「はー⁉　なにそれ！」

村主は目を丸くして驚き飛び跳ねてから、俺の「嘘だけど」というたった一言で怒りを爆発させた。

岡部はそんな村主を見て手を叩いて笑っている。

「類、これ以上村主のメンヘラこじらせないでよー」

騒ぎを聞きつけて菅原もそばにやって来たが、村主は俺への怒りをなぜか菅原にぶつけてタックルしていた。

俺はなぜ〝付き合う〟なんて軽々しく口走って、すぐに訂正したのか分からないでいた。

……本当に付き合ってもいいかと思って、気づいたら投げやりな言葉が出ていたのだ。

桜木に惑わされている自分が嫌で、面倒で、村主と付き合ったらこの気持ちがまぎれると思ったのだ。他人を利用することで、あの苦しい痛みを忘れられる……と。

だけど……、なぜか桜木の怒った顔がすぐに頭に浮かんで、いつか言われたセリフが降ってきたんだ。

『……瀬名先輩、村主さんの痛みは感じ取れないんですか』

俺が不用意に人を傷つけたりしたら、たぶん桜木は怒るだろう。俺のことを嫌いになるだろう。

そう思うと、ますます胸が痛くなって、瞬間的に自分の言葉を否定していた。

村主が、あまりにも嬉しそうな顔をしたから。

今までの俺だったら、そんな笑顔がいつか壊れようとも、どうとも思っていなかったはずなのに。

「瀬名先輩のバカ！　私のぬか喜び返せ！　もう、暴れてやる」

村主は怒りながらそう叫ぶと、今度は友人たちの膝の上にダイブして犬のように転がって大暴れした。

誰かが失恋ソングを歌い始めて、村主を巻き込み騒ぎ始める。

下手くそなタンバリンの音が鼓膜を刺激し、チープなミュージックビデオが流れ続ける。

このまますべて忘れられそうなほどの喧騒だったが、映像の中に遊園地が出てきて、ただそれだけで心臓が苦しくなった。

雪の中、俺を待ってくれていたあいつの姿が、ろうそくの火のように胸の中で灯っていた。

【放課後、三階の視聴覚室集合】と桜木にメッセージを送った。

遊園地での大遅刻をきっかけに、今さら桜木とスマホのアカウントを共有したのだ。

桜木は数分経ってから怯えた様子のくまのスタンプを返してきて、そのスタンプがあまりにも本人に似ていていて少し笑った。

ホームルームが終わったと同時に、俺はカバンに少ない荷物を詰め込んで立ち上がる。

すると、そのタイミングでスマホがポケットの中で震えた。……村主からだった。

【瀬名先輩、今日もカラオケ行こう】

俺は片手で【今日は無理】とサクッと返してから視聴覚室へと向かう。

村主たちと会うのは、桜木のあとがいい。

桜木の存在が大きくなり過ぎないように、掻き消すためだけに会えればいい。

教師にバレないように、普段から人けの少ない視聴覚室に入ると、真っ黒いカーテンが教室全体を覆っていた。

ドアの小窓も小さなカーテンで覆われているため、中の様子はよく見えない。

俺は足元をスマホのライトで照らしながら中へ進むと、誰かの足が急に目の前に現れた。

「うわっ」

一瞬びっくりしたが、俺はゆっくりその足をたどって光を上に向けていく。

「マジで幽霊かと思ったわ……」

「電気の場所分からなくて」

「スマホでかざせば分かんだろ」

目の前にいたのは、桜木だった。

遊園地で会って以来だったので、少し気恥ずかしさがあったが、そんな感情も吹き飛ぶくらいの登場の仕方だ。

「今日の記憶のリハビリはなんですか？」

「ああ、そうそう。今日は電気つけなくていい。暗いほうが見えやすいから」

俺はテレビの前にあるプロジェクターと、自分のスマホをコードで繋ぎ、スマホから動画を流した。

なにをやろうとしているのか察した桜木は、珍しく目をキラキラと輝かせて「もしかして、上映会ですか」と問いかけてきた。

『趣味ですか？　映画とかですかね。映画館は遠いんでめったに行けないですけど』

遊園地の帰りに、普段家で何をしているのか聞いたところ、そんなことをぼんやり答えていたから。

想像以上に嬉しそうな表情を見せられた俺は、一瞬動きが止まってしまった。

……驚いた。こんな表情もするのか。そんなに、映画が好きなのだろうか。

「いつかこうやって大画面で、好きな古い映画観てみたいと思ってたんです」

「今から流すのが、お前の好きな映画かどうかは知らんけど」

「た、たしかに……。なに観るんですか？」

「ホラー映画」

「え……」

さっきのはしゃぎようから一転して、うなだれている桜木。

俺は、お気に入りのホラー映画の最新作を再生すると、テレビの前にあぐらを掻いて座った。桜木は俺の隣で立ちすくんでいる。

「私……、本当に無理です。怖いの苦手なんです。本当に」

「大丈夫、全然怖くねぇからこれ」

「怖いの好きな人が言っても説得力ゼロなんですよ！」

「早く座れって」

「わ」

桜木の腕を引っ張って座らせると、彼女はバランスを崩して俺の膝の上に倒れ込んだ。

桜木は慌てて離れようとしたが、俺は彼女の頭を胸に押さえ付ける。

……ほとんどなにも考えずに、体が動いてしまった。

桜木のことになると、頭より先に体が動くのはなんでなんだ。

「怖いならこうしてればいい」

俺は戸惑う彼女を抱き寄せながら、つぶやいた。

「ほら、始まんぞ」

不気味に響くヴァイオリンの音楽とともに、映画が始まった。

記者の主人公が、殺人事件のあった忌まわしげな洋館に足を踏み入れていくだけのシーンなのに、桜木はビクッと肩を震わせている。

青白い光が、性格もなにもかも正反対な俺たちを照らしていく。

桜木は俺の行動に驚き硬直しながらも、怖いシーンが来るたびに俺の制服をギュッと掴んだ。

「あ、あの……」

こんなに怖がっているのに、話の展開が気になってか、ちゃんと目を開けて頑張って観ている様子が笑える。

「な、なに笑ってんですか……？」

「こっち見んな」

「ていうか、案外瀬名先輩も怖いんじゃないですか。心臓ドキドキ言ってますけど」

「は？　お前の音だろ」

「うわっ！　首飛んだ！」

俺の腕の中で怖がったり騒いだりしている様子がおかしくて、愛おしい。

なぜだろう。なにも悲しくないのに、また胸が痛い。苦しい。

桜木の存在が、自分の中でどんどん大きくなっていく。

頼む、これ以上、大きくならないでくれ。

俺はまだ、お前のこと、忘れたくねぇよ。

今まで、こんなふうに思ったことはなかった。

誰かのことを本気で、忘れたくないと思うことなんてなかった。

全部を、諦めて生きていたから。

だけど、腕の中にある桜木の体温も、一緒に観ている映画も、今までのことも、全部無かったことになるなんて、考えたくもない。

……忘れたくない。忘れない。

そう思った瞬間、俺はポケットからスマホを取り出して、フラッシュをオンにした状態で怖がっている桜木を撮った。

「ぎゃー！　なに⁉　なにしたんですか今」

突然頭上から降ってきたシャッター音に、桜木はホラー映画を観ていたせいもあって、悲鳴を上げた。

「ホラー映画観ながら写真撮ると、心霊写真になるって聞いたことあったから、お前で試しただけだ。気にすんな」

「めちゃくちゃ気にしますけど……」

写真はブレブレだし、全然映りもよくない。

だけど、俺はその写真を、今日から毎日SNSに上げていくことに決めた。忘れないうちに、過去のことも振り返って全部記録しておこう。

いつか村主にごり押しされて、アカウントを作らされたものの、面倒になり誰にも教えていなかったSNSに、俺はその写真をぽんと投稿した。

忘れないように、コメントも添えて。

【視聴覚室、映画鑑賞。怖がりすぎなあいつ】

文章は、ただのメモのような一文。

こんなことに意味があるかどうかはまったく分からないけれど、忘れたときに思い出す手がかりになるかもしれない。

俺はこの日はじめて、自分の記憶障害に本気で抗おうとした。

「ぜ、絶対夢に見ちゃうじゃないですか……」

そんな決意もつゆ知らず、桜木は口を両手で覆ってホラー映画を必死で観ていた。

明日の俺が、この景色を忘れないでいられますように。

そう願って、俺は少しだけ、彼女の頭を胸に押し付ける力を強めたんだ。

真っ黒なカーテンに囲まれながら、映画の青白いライトだけが、俺たちを照らしていた。

side桜木琴音

遊園地前で抱き締められたあの日、瀬名先輩の腕の中が、思ったより温かくて驚いた。

視聴覚室で頭を胸に押し付けられた日は、瀬名先輩の心音がなぜか心地よくて、戸惑った。

彼にとって、なんでもない行動だったとしても、私はかなり動揺していて。

でも、そんな戸惑いすら跳ね返すほど、強引で。

いろんな表情を知るたびに、唐突な行動に巻き込まれるたびに、私の世界の色が変わっていくのがわかる。

瀬名先輩は、嵐のような人間だ。

あっという間に私みたいな人間すら巻き込んで、前へ前へと進んでいく。

世界の隅っこで体育座りをして静かにしていたはずなのに。

そんな嵐をワクワクして待っている自分がいることに、最近気づいてしまった。

今日はなにが起こるんだろう。どこまで飛んでいくんだろう。

おかしな話だ。やっていることは、小学生でもできるような、小さなことばかりなのに。

そんなことを自分の部屋で考えていると、コンコンと部屋のドアがノックされた。

「琴音、入るわよ」

母の声が聞こえて、私は慌ててパソコンに向き直る。

一気に部屋の中に気まずい空気が流れて、私は知らぬ間に息を止めていた。

「もう進路希望出したの？　お母さん、なにも共有されてないけど」

母は無表情なまま、想像通りのことを問いかける。

ワンレンボブの髪の毛には、白髪が何本か混じっていて、目の下にはいつにも増してくまができていた。

母と目を合わせるといつも緊張してしまい、膝の上に置いていた手が勝手にもじもじと動きだす。

「……まだ、なにも考えてない」

「ちょっと……そんなんで提出間に合うの？　この前渡した大学のパンフレットは読んだ？」

「……うん」

「うんって……」

ハァと大きなため息を吐かれ、ビクッと肩が震える。私を見つめる瞳は冷たく、心底呆れているのが伝わってくる。

なんでこんな娘になってしまったのか。私の子なのに。そんな本音がひしひし伝わってくる。

「お母さんが渡した候補の中からちゃんと考えておいて。分かったわね」

「……はい」

「また明日から仕事で夜遅くなるけど、ご飯代置いていくから好きなの食べてね」

「分かった。ありがとう」

ドアが閉まるまで、私の口角は不自然な角度のまま。

私が勝手に、母に対して緊張して壁を作っているだけ。

母が言っていることは、すべて正しい。

……悪いのは、やっかいな自分自身の性格だ。

私は机に向き直ると、パソコンのすぐ横に飾っているばあちゃんの写真を、そっと指で撫でた。

ばあちゃん、私はまだ、未来のことなんてなにも考えられないよ。

だって、自分に興味がないんだもの。

私はそのまま机に突っ伏して、ゆっくりと目を閉じた。

母に進路を聞かれたせいだろうか。

中学時代のことが、昨日のことのように思い出されて、私はそのまま眠りに落ちていった。

ハブられるようになったのは、中学に入ってわりとすぐのことだった。

たった一日の出来事が原因でひとりになったあの頃の私には、本当におばあちゃんしか話し相手がいなかった。

「ただいま、ばあちゃん」

「あらおかえりなさい」

家に着くと、ちょうどばあちゃんがリビングから出てきたところで鉢合わせた。

ばあちゃんは今日もふさふさの白髪で、お気に入りだという緑のセーターを着ている。

私は口を尖らせながら「今日も寒かったー」とぼやいて、コートを脱ぎながら家の中に上がった。

「今日は少し遅かったね」

「うん、ちょっと友達と遊んできたから」

本当は、ひとりぼっちであることがバレないように、誰もいない公園で本を読んで、ただただ時間を潰していただけなのだけど。

「いいねぇ。誰と遊んできたんだい？」

「あ……、えっと」

名前を聞かれて、思わず言葉に詰まる。

私はクラスメイトの名前を頭の中でフル回転させて、テキトーに答えようとした。

けれど、ばあちゃんはなにかを察したように、笑って流した。

「名前聞いても、ばあちゃん忘れっぽいから分からんね」

「……そ、そうだよ。言ってもばあちゃんには分かんないと思う」

危なかった……。

私は心臓をドキドキさせながら、つくり笑いを浮かべる。

公園で冷え切った指をストーブの前で温めながら、ばあちゃんに表情を読み取られないようにうつむいていると、優しく声をかけられた。

「夕飯まで時間あるから、今日もあれ食べるかい？」

「えっ、いいの？　もしかしてマシュマロ？」

父も母もいつも帰りが遅くお腹を空かせていた私は、いつもこうやってばあちゃんとおやつを食べるのが楽しみだったりした。

箸にマシュマロを刺してストーブで炙るのはここ最近の定番だ。

だけど、今日ばあちゃんが持ってきたのはみかんだった。

「えっ、それあっためるの⁉」

「そうそう、おいしいんだよ。焼きみかん」

ばあちゃんは、驚いている私をよそに、手のひらサイズのみかんを躊躇《ためら》いなくストーブの上に置いて、火力を調整した。

とたんに、いつもとは違う独特の香ばしい匂いが漂い、皮がみるみる黒くなっていく。

新聞紙の上に熱々のみかんを上げると、ばあちゃんはそれを手でふたつに割った。

焼き芋みたいな工程なのに、そこにあるのはみかん……不思議な光景だ。

「おいしいから食べてみな」

私は温かなそれを、おそるおそる口に運ぶ。

すると、口の中にいつものみかんとは違うほくほくとした甘みが広がった。

「ばあちゃん、甘い！　おいしい、これ」

「体があったまるからね。風邪引かなくなるよ。たくさん食べな」

「やったー、もう一個焼いちゃおう」

「琴音の手は細くて冷たいねぇ」

ばあちゃんは、焼きみかんにはしゃいでいる私の片手を、そっと両手で温めながら、心配そうにつぶやいた。

ばあちゃんの手は、しわしわだけど、ふっくらしていていつも温かい。

なんだか落ち着く。

さっきまで、ひとりで公園にいたこと……それだけじゃなく、ここ最近ずっと学校でもひとりでいることを、ばあちゃんが知ったら悲しむだろう。

相談したいけど、心配かけたくない。

「……琴音、最近よく笑うね」

「えー、えへへ、そうかな。新しい友達できたからかな」

「なにかあったんかい？　笑った顔が、無理してるね」

「え……」

そう言われて、一気に全身に冷や汗をかいた。

もしかして、ばあちゃんには見透かされているの……？

どくどく、と心臓が大きく拍動して、私は言葉に詰まる。

ばあちゃんは私の手を握ったまま、心配そうに私の顔を見つめている。

「なにかあったら、ばあちゃんに言うんだよ」

「ばあちゃん、本当心配性だなー。なにもないよ。あ、そうだ今日課題多いんだった！

このみかんもらっていくね」

私は動揺を悟られないように笑顔をつくって、焼きみかんをひとつ手に持って立ち上がった。

カバンを肩にかけて、逃げるように二階に駆け上がる。

自分の部屋に入ると、私はドアの前で涙を堪えた。

部屋の壁には、一枚の写真が貼ってあり、私はそれを勢いよく剥がす。

「どうして……こうなったんだっけ……」

小学校のころから仲良しだった莉子《りこ》との写真を眺めて、ぽつりとつぶやく。

約半年前から、私たちの関係はがらっと変わってしまった。

写真の中の笑顔の莉子を眺めながら、私はつい半年前の出来事を振り返った。

莉子は運動神経が抜群で、私とは正反対の、活発な女の子だった。

同じ英語塾に通っていたという理由で、小学校の頃から仲良くなり、そのまま同じ中学に入学した。

莉子は大人しい私を昼休みにいつも遊びに誘ってくれて、居場所を作ってくれた女の子。

私にはもったいないくらい、眩《まばゆ》い友達だ。

想像通り、莉子は入部したテニス部でもすぐに活躍し、クラス内でも目立っていた。

「莉子、大会のメンバーに選ばれたんだってね。すごいね」

「先輩の目がちょっと怖いけどね。頑張るよ」

中学生になってまだ二か月なのに、莉子はどんどん友達を作り、ふわふわだった髪の毛にも縮毛矯正をかけて、見るからにあか抜けていった。

「そのボブ、似合ってるね」

「ありがとう、雑誌読んでまねしたんだ。琴音もさー、三つ編みなんかもう止めればいいのに。ちょっと子供っぽいよ。そんなんじゃ皆話しかけにくいでしょ」

「えーそっか。じゃあ、ポニーテールとかにしようかな……？　暑いし」

「いいじゃん！」

莉子の、顎先でぴしっと切り揃えられた髪の毛は、毛先だけきれいに内側を向いたボブカットで、その髪型は猫目の彼女によく似合っていた。日に焼けた肌もすごく健康的で、彼女の魅力をより引き立てている。

一方、私は『運動部は勉強に差し支えがある』という母の押し付けと、あんまり運動が得意じゃなかったという理由で、美術部に入部したものの、早々に幽霊部員と化していた。

だからこうして、活発な莉子から、おしゃれや部活の話を聞けることは、楽しみだったのだ。

「ていうかさ、課外活動近づいているね！　明日グループ決めだよね。どの男子と同じ班になるかな」

「そっか。くじ引きして決めるんだっけ？」

「そうだよ！　あー、ター君と同じ班になれますように！　あ、今の内緒ね！」

ター君……そんなあだ名の人、うちのクラスにいたっけ？

赤面した莉子に「内緒ね」と念押しされたけれど、そもそも誰か知らないので安心してほしい。

そんな話をしているうちに塾について、私たちはそれぞれの机で勉強を始めた。

課外活動……少し気が重い。莉子以外の知らない子たちと、仲よくできるだろうか。


翌日。ホームルーム中に、課外活動のグループ決めが行われた。

「じゃあ、右端の列から順番にくじ引きに来てー」

担任が、クラス委員に任せて作ったくじを順番に引かせていく。

莉子と同じだったらいいな……なんて思いながらくじを引くと、そこには〝三〟と書かれていた。

すぐに、ななめ前の席にいる莉子に「いくつだった？」と問いかける。

「あたし五班だったー。琴音は？」

「私、三班だ……残念」

「あはは、琴音、人見知りなのに大丈夫ー？」

なんて会話をしていると、机の横を通りがかった男子が、「桜木三班なの？」と話しかけてきた。

誰だっけ……。たしか名前は、〝矢野《やの》君〟だったはず……。いつも大声で話していて明るい印象だ。彼が話しかけてくると、なぜか莉子は固まって、無言になってしまった。

私は人見知りを発動しながら「そうです」と小さい声で答えると、彼はにこっと笑顔を返した。

「一緒じゃん、よろしくな」

「あ、そうなんだ。よろしく……」

とくに笑顔を返すでもなく、静かにそう答えた。彼は「相変わらずクールだな」と笑って、自分の席に戻っていく。

クールでいたつもりはまったくないのだけど……。

困った顔をしていると、莉子がぼそっと小声でなにかをつぶやいた。

しかし、矢野君たちが騒いでいるせいで、その声は聞き取れなかった。

「ごめん、今なにか言った？」

「ううん、なんでもない！」

莉子はぶんぶんと手を横に振って、前に向き直った。

課外活動は、地元名産のお菓子メーカーの工場を見学するというものだった。グループ別にお菓子作りを体験し、思い思いのフレーバーを混ぜてクッキーを焼いた。

矢野君は相変わらず元気で人見知りをしなくて、私にも積極的に話しかけてくれた。

課外活動では、前に莉子に『三つ編みだと話しかけづらい』と言われたので、少しでも打ち解けられるようにポニーテールにして参加した。

莉子に心配をかけないように、ちゃんとここで友達をつくらなきゃ。莉子にはたくさん友達がいて、私だけじゃないんだから。

そんな課題を自分に与えながら、積極的にグループのメンバーとコミュニケーションをとった。

無事に課外活動が終わってからのことだった。

莉子の様子や、クラスメイトの態度が変わり始めたのは……。

「ねぇ、昨日グループで言ってたやつさー。莉子マジ鬼じゃない？」

「いやアイツが天然ぶってるのが悪いんじゃん」

「あはは、たしかに！」

私のななめ前の席でテニス部の女子たちが集まっている。もちろん私はそこには入れないので、莉子に話しかけたくても話しかけられない……。

なんだか最近、莉子に避けられている気がする……。

不穏な空気をなんとなく感じ取っていたが、私はただ部活が忙しくてタイミングが合わないだけだろうと、自分に言い聞かせていた。

しかし、ある日、決定的なことが起こる。

莉子が所属しているテニス部の女子グループに、廊下ですれ違った瞬間に「男好き」と囁かれ、足をかけられたのだ。

「え……？」

躓《つまず》いた私を見ても、その子たちはクスクスと笑うだけで謝ってこない。

冷たい空気が胸の中を駆け抜けて、その場で硬直した。

まったく関わりのなかった人から、どうしてこんな攻撃を受けているのか。

私が莉子と仲がいいことが気にくわないのだろうか……。そんなことを瞬時に思ったが、「男好き」という言葉とはまったく結びつかない。

茫然《ぼうぜん》と立ち尽くしていると、ちょうど廊下の角を曲がってきた莉子と目が合った。

もしかして、怒らせている……？

ようやく確信を持った私は、意を決して莉子に話しかけた。

「莉子、あの……」

目は確実に合った。それなのに、無視をされた。

私なんか、まるで見えていないかのように。

課外活動を終えてから、彼女と話さなかったのはたった三日間だけだ。

その間に、私たちの関係はいったいどう変わってしまったというのか。

莉子は、中学校で唯一の、仲よしの友達だった。

人見知りな私をグイグイ引っ張ってくれて、歯に衣着せぬ言い方も、嘘がなくて私は好きだった。

そんな莉子に……今、無視をされた。

たったひとりに無視をされただけなのに、世界中の人から自分は見えていないのではないか、という大きな孤独感に襲われた。

「なんで……？」

分からないまま泣いていると、ちょうど教室から出てきた矢野君に見つかってしまった。

「うわっ、どうした？　桜木。泣いてんのか？　大丈夫？」

「……なんでもない。大丈夫」

「いやいや、大丈夫じゃないっしょ」

私は矢野君の言葉を遮り、涙を手で拭って、すぐにその場を離れて保健室に向かった。

お腹が信じられないくらい痛い。吐き気がして、涙が止まらない。

もう、どうしたらいいのか分からない……。

次の日も、その次の日も、私の耳だけに聞こえる程度の悪口と、無視は続いた。

心が何度も死にかけていく毎日で、母は無口になった私の様子を過剰に心配していた。

心配されても、なにも解決には繋がらないのに。

そして限界に達した私は、女子テニス部のクラスメイト三人に理由を聞くことにした。

ちょうど、彼女たちがユニフォームに着替えて校舎を出たところだった。

「ねぇ、私、なにかしたのかな……」

手に汗を握りながら、真剣な顔で問いかけると、彼女たちは一瞬驚いた顔を見せてから、ぷっと吹き出した。

なにがおかしいのか分からなくて、私はその場に固まるしかない。

顔を見るのも嫌だ。今すぐ逃げ出したい……だけど、理由が分からないとなにもできない。

くすくすと笑っていた女子のひとりが、ようやく口を開いた。

「莉子が矢野のこと好きだって知ってんのに、班決めのくじ渡さないとか、どんだけ空気読めないの？」

「え……？」

「課外活動のときから髪型変えたり矢野の目の前で泣いたりしてさ、奪おうとしてるのあからさま過ぎて、ウケるんだけど」

莉子が矢野君のことを好き……？

そんなこと、知らなかった。

頭をフル回転させて考えたけれど、くじ引きの前日に、『ター君と同じグループになれますように！』と言っていた。

まさか、それが矢野君のことだったなんて……。

「ター君って、矢野君のことだったの……？」

「なに知らないふりしてんの？　莉子が恋バナしても本人にバレないように、陰であだ名付けてんの知ってんでしょ？」

「知らない……、今初めて聞いた」

「え……？　莉子が言ってることと違うんだけど」

あそこで、「ター君とは誰か」と聞き返さなかった自分も悪いけど、私はそんなあだ名のこと、知らなかった。

あんまり恋バナを掘り下げても、自分なんかじゃ相談に乗ってあげられないと思ったから、聞き流してしまったんだ。それに、その手の話題はなんだか気恥ずかしくて苦手だったから。

それが本当に原因なら、たしかに課外活動直後から話しづらくなった理由も納得がいく。

でも、どうして、莉子は私に直接言ってくれないの……？

「莉子に……聞いてくる」

そう言って、テニス部の部室へ向かった。

まだ信じたくない。本人の口から聞くまでは。

タイミングよく、ひとり部室内で用具の準備をしている莉子がいた。

「莉子！」

うしろから名前を呼ぶと、彼女はバッとこちらを振り返って、驚いたような表情をした。

「怒らせたならごめんね。莉子が矢野君のことが好きだって、知らなかった」

「は……？　別に好きじゃないよっ」

私の言葉に、顔をカッと赤くさせた彼女は、持っていたボールを下に落とした。

六月の蒸し暑い空気が、じんわりと嫌な空気に変わっていく。

「誰に聞いたの……？　それ嘘だから」

「じゃあ、最近ちゃんと話せないのはなんで？　莉子の口から理由を聞きたい」

まっすぐに見つめて問いかけると、彼女は気まずそうに目を逸らして押し黙る。

誰の言葉も信じない。莉子の言葉だけ、ちゃんと聞きたい。

その一心で、彼女の言葉を黙って待った。

「ていうか、琴音こそ矢野のこと好きになっちゃったんじゃないの？　わざと目の前で泣いたりしてさ」

「え……？」

「そういうの、メンヘラみたいで無理。かまってちゃん的な？　課外活動終わってから、矢野もまんまと琴音のことばっか気にして、私に琴音のこと聞いてくるし」

胸の中の泥を吐き出すみたいに話し続ける莉子を見て、私は大きなショックを受けた。

あ……、本当に私の知らないところで、こんなに簡単に友情が終わっていたんだ。

ドクンドクンと心臓が不穏な音を立てて、こんなに蒸し暑いのに指先から冷えていくような感覚に陥った。

廊下で泣いたあのとき……、傷ついたから涙が出た。

メンヘラ……どうしてそんなたった四文字のカタカナで、勝手に気持ちを括《くく》られなければならないのだろう。

悔しくて、言葉が出ない。

莉子と楽しく過ごした日々が、幻のように散っていく。

「琴音ってさ……、こういうとき必ず黙るよね。言い返したり、言い訳したり、全然してこない」

「そんな……」

「私、皆に嘘ついたから。矢野のこと、琴音は知ってたのに協力してくれなかったって。横入りしてきたって。分かってるんでしょ？　それなのになんでなにも言わないの？　そういう、うじうじしてるとこ、正直ずっと嫌いだった」

『正直ずっと嫌いだった』

あまりの衝撃に、一瞬頭の中が真っ白になった。

莉子の言葉が、ナイフのように突き刺さって、抜けない。

そうか……。莉子はどんくさい私と、ずっと無理をして一緒にいたんだ。

陰で裏切られたことと、それに気づけなかった自分の情けなさと、真正面から『嫌い』と言われたショックが、ますます私から言葉を奪っていく。

なにも……言うことがない。事実を受け止めることにいっぱいいっぱいで。

「……部活行くから。あんまりもう、話しかけないで。なんかもう、琴音と話すの無理だわ」

そう言って、莉子は私の横をすり抜け、目も合わさずに去っていった。

なんで？　どうして？　こんなことで、もう莉子と話せなくなっちゃうの？

嫌いと言われたらもう、自分からは近づけないよ。

「なんで……？」

呟いた言葉は、汗臭い部室の中に響いて、余計に虚しさを煽った。

クラスでのテニス部女子の発言力は強くて、それからずっと、無視される日々が続いた。

巻き込まれたくないからか、今まで普通に接してくれた子たちも私を避けるようになった。

莉子の周りの子は、視界に入るたびに悪口を言ってくる。私のことをたいして知らない人たちが、どうしてそんなに敵意をぶつけてくるのか。

理由は簡単だった。莉子の友達は〝正義感〟をもって……傷ついた莉子のためを思って、こんな行動をしているのだ。

大切な友達を傷つけた私のことを許さないと、正義の怒りを燃やし続けているのだ。

……それから、言葉の暴力は加速していった。

『琴音の声って、なんかアニメ声でぶりっ子だよね』

『ねぇ、病んでますアピールやめな？　うちらがイジメてるみたいじゃん』

『なんかこの辺、メンヘラ臭するんだけどー』

『か弱い子ぶってんなよ。そういうとこが男受け狙っててムカつくんだよ』

ぶりっ子な声と言われてから、人前で話すことが怖くなった。うつむいてわざと低い声で話すようになった。

病んでる、メンヘラと言われてから、本当にだんだん気持ちが落ちていった。自分は病気なのかもしれない、とたくさんネットで調べたりした。

男受けを狙ってると言われてから、男子とは目も合わせなくなった。おしゃれに興味を持つことすらやめて、髪を長くして顔を隠した。

二年生になって、クラスが替わると、矢野君も私に話しかけてくることはなくなった。

日に日に暗くなっていく私を見て、イジメを確信した母は学校へ乗り込み、ＰＴＡにまで訴えて事態をさらに悪化させた。

母は『受験に差し支えがあったらどうするの』という理由で怒っていた。

私はどんどんクラスメイトから浮いていった。

もういいから。私のことはほっといて。心の底からそう思っていた。

いろんな言葉が、呪いとなって、私の生活からいろんなものを奪っていく。〝無〟になっていく。

……もう、誰の視界にも入りたくない。

だって、気づかれなければ、傷つかない。

そして私は絶対、こんなふうに言葉で誰かを傷つける人間にはならない。誰も傷つけない。

だから、ひとりでいる。

ずっと、ひとりでいる。

そうしたら、私の世界は壊れることはない。裏切られることもない。

耐えるんだ。卒業まで。

大丈夫、私にはばあちゃんがいるから。

大丈夫。大丈夫、頑張れ。

頑張れ、私。

何度もそう自分に言い聞かせて、私は涙を拭った。

私はあの日、残りの学校生活を石のように黙って過ごすと決めたんだ。

――久々に嫌なことを思い出してしまった。

いつの間にか机に突っ伏して寝ていた私は、じっとりと顔に汗を浮かべていた。

半端に寝てしまったせいで、少し寝不足の状態で登校することになった。

今、高校に行くのは別に嫌いじゃない。

昔の私を知っている人はひとりもいないし、クラスの子も真面目でいい子たちだから、わざわざ私に絡んできたりしない。

小山先生は心配しているみたいだけれど、私なりにこの生活を楽しんでいる。

……最近は、予想外なことばかり起きて、目まぐるしいけれど。

「あ、発見」

突然、女性の低い声が降ってきて、机に座っていた私はおそるおそる顔を上げた。

すると、そこには不機嫌そうな表情の村主さんがいた。

「昨日、放課後一緒にいたでしょ。瀬名先輩と」

「え……」

突然のことに動揺して、どう答えたらいいのか分からない。

視聴覚室にいるところを見られたのだろうか。

うつむきながら黙っていると、村主さんはバンッと机に勢いよく手を置いた。

「やっぱりそうなんだ。私たちと遊ぶより、桜木の方がいいんだ」

村主さんが、あまりに苦しそうな顔をするので、私は言葉に詰まった。

今も村主さんは本気で瀬名先輩のことが好きなんだ……。

最初は、どうしてあんなに気まぐれな先輩のことが好きなのか分からなかったけれど、今なら少しわかる。

一緒にいると、なんだか前に引っぱってもらえるような気がするから。

「ムカつく……。悔しい」

「す、すみません……」

「謝んな。余計ムカつくから」

「はい、すみません……」

「ねぇ、そんなコミュ障でどうやって気に入られたの？　教えて」

「いや、先輩はただのヒマつぶしなだけで……」

「前から思ってたんだけど、アンタ、なんでそんなわざとらしく暗い声で話すの？　地声そんなんじゃないでしょ」

「え……」

ぶりっ子声と言われてから声を無理やり変えていたことに気づかれ、私は硬直した。

うつむいて動揺していることを必死に隠そうとすると、村主さんは私の髪の毛をカーテンのようにどかした。

一気に視界が開けて、村主さんのきれいな茶髪と、お人形さんみたいな顔が目に入った。

村主さんは訝しげに私の顔をじっと見つめると、「意外と素材いいじゃやん」と言い放った。

「なにキャラ演じてるのかよく分かんないけど、鬱陶《うっとう》しいから前髪切りなよ」

「いや……、この方が落ち着くので」

「こっちが落ち着かないわ。だから座敷童子って言われんだよ」

「え……そう言われてるんだ……」

「あ、ごめん。知らなかったんだ。まあ、気にすんな」

ぽん、と肩に手を置かれて、私はどん底まで落ちてしまった。

地味に生きていたはずなのに、あだ名をつけられるほど逆に悪目立ちしていた事実が痛すぎる。

私は髪を触りながら、どうしたらいいのか分からず困惑していた。

すると、キラキラしたピンクの爪がそっと私の顔に伸びてきて、そのまま髪の毛を耳にかけた。

「うん、そうしてればいいんじゃん？」

「あ、ありがと……」

「いや、お礼とかウザいからいぃ」

サラッとそんなことをしてくれる村主さんの優しさに驚きながらも、私はたどたどしくお礼を伝えた。

そうか。目立たないようにしようとして、私、逆に目立ってたんだ……。

言ってもらえて、よかった。自分では気づけなかった。

そんなふうに安心していると、私はふと先日のことを思い出した。

「そうだ、村主さん。千円返す……」

「は？　だからいいって言ったじゃん。いらないわ」

「でも、返す。私もいらない」

「そんな紙切れ返すくらいなら、瀬名先輩のこと返せよ」

「せ、瀬名先輩は、モノでもお金でもないから……」

「そんなこと分かってんだけど。マジレスすんなよ」

そう言い捨てると、村主さんは私に千円を再び突き返した。

私は行き場のないお札を持ったまま、教室を去っていくうしろ姿を眺めていた。

村主さんが廊下に出ると、彼女を見つけた派手な女子が「ねぇ、今日もカラオケ行こう！　村主のお金で」と笑いながら話しかけていた。

彼女はたしか……いつか廊下で絡んできた金髪ショートボブの先輩だ。

村主さんは平然と「いいっすよ」と答えて、その先輩と一緒に去っていく。

私は、なぜか彼女たちの姿が見えなくなるまで、目を離すことができなかった。


【記憶のリハビリ、今日は第三音楽室集合】

放課後、瀬名先輩からいつもどおり素っ気ないメッセージが届いた。

この関係が続いてから、もう一か月が経とうとしている。

瀬名先輩に呼び出されるのは気まぐれで、帰りのホームルーム直前にいつも連絡が来る。

「今日は音楽室か……いったいなにするんだろ……」。

先輩と会うときは、毎回期待と不安に揺れている。

選択教科で音楽を選んでいないので、音楽室に向かうこと自体が新鮮だ。

人けのない階段を駆け上がっていると、ふと村主さんの顔が頭の中に浮かんだ。

瀬名先輩を返して、と言った彼女の顔は、悲しそうだった。

瀬名先輩の記憶のリハビリに付き合っているのは、あのノートを取り返すためだけど、この行動は、きっと村主さんを苦しめている。傷つけている。

そう思うと、私はとたんに一歩も進むことが出来なくなってしまった。

階段の途中で立ち止まっていると、ふと上から視線を感じた。

階段を上りきった場所にいたのは、いつもどおり無表情の瀬名先輩だった。

しかし、いつもと少しだけ様子が違う。

ぼうっと私の顔を見つめたまま、その場から動かないでいる。

「瀬名先輩……？　記憶のリハビリ、するんですよね」

そう呼びかけると、瀬名先輩はハッとしたように目を見開いて、自分の頭を片手で強く叩いていた。

あまりに不可解な行動に、私は一連の様子を見つめることしかできない。

もしかして、今一瞬、私の顔を忘れていた……？

いや、まさか。そんなこと、あるわけない。

「おせぇーよ。そんなとこで止まってないで、早く来い」

「あ……、はい」

「髪の毛、いつもみたいに顔隠してなかったから、逆に一瞬分かんなかったわ」

そういうことか、と、ほっとしながら私は自分の髪の毛を触る。

「あ……、これ村主さんにやってもらって……」

瀬名先輩に急かされるまま、音楽室へと入る。

めったに使われない第三音楽室なので、私は落ち着きなくあたりを見回した。

古びたピアノの前に立つと、背後からパシャ、という音がして、私は驚き振り返った。

「え……、い、今なにか撮りましたか？」

「スマホ新しくしたから、画質たしかめたくなった」

「私なんかの写真で、高画質を無駄遣いしないでくださいよ……」

「たしかにな」

ははは、と笑いながら瀬名先輩は隣にやって来て、ピアノの鍵盤蓋《けんばんふた》を開けると、ポーンとひとつ高い音を鳴らした。

寒々とした埃《ほこり》っぽい音楽室に、軽やかな音が転がり込んで、私は思わず足を止める。

そのまま、瀬名先輩は「覚えてるかな」とつぶやいて、ピアノを弾き始めた。

信じられないことに、優しく透き通った音が、彼の手からとめどなく生み出されていく。

なんだか聴いたことのあるメロディーだ。

柔らかく温かみのあるメロディーが、心地よく耳になじむ。

そうだ……たしか、卒業式で聴いたことのある、ショパンの『別れの曲』だ。

ピアノを弾いている瀬名先輩の表情は真剣そのもので、伏し目がちな瞳に思わずドキッとした。

真冬なのに、一気に目の前に春の景色が浮かんで、私は言葉を失う。

ひととおり弾き終えた瀬名先輩は、茫然としている私を見ると、真顔になる。

「なに突っ立ってんだよ」

「な、なんで弾けるんですか」

「昔、習わされてたんだ。母親に無理やり」

「え……」

「不思議だな。やっぱり、どうでもいいと思ってたことばかり、体が覚えてる。今日は、なんとなくそのことをたしかめたくて、ここへ来たんだ」

切なげな表情で、瀬名先輩は鍵盤に手を添えながら言った。

さっきの演奏を聴いたせいか、細く長い指がやたらと美しく見えて、私は少しどぎまぎしてしまう。

「……瀬名先輩にとって、お母さんはどんな記憶で止まってるんですか」

しばしの沈黙のあと、私は静かに問いかけた。

「どんなって……放火してるからな」

なにも言えなくなってしまった。

どんな理由でお母さんがそんなことをしたかなんて、私が知りうることではない。

瀬名先輩の中で、お母さんの存在はただの犯罪者のようになっているのだろうか。

返答に困り黙っていると、瀬名先輩は再びピアノを弾き始める。曲名は分からないけれど、今度はテンポの速い明るい曲だ。

「覚えてねぇんだよ、本当に。一家心中のときの記憶も、すっぽり抜けてる」

「心因性記憶障害って、言ってましたもんね……」

「まあ、ショッキングだったんだろ。当時は。……でも、今俺にとって、母親は他人みたいなもんだ」

「そうですか……」

……母は他人。

その言葉は、妙に自分の心情とリンクして、思わず胸が痛くなった。

私にとっても……母は他人に近いかもしれない。

そう思わないと、上手くやっていけないほど、距離ができてしまったから。

暗い顔をしている私に気づいた瀬名先輩が、核心を突くような質問をしてきた。

「……桜木は？　どうなの、母親の存在って」

「え……」

「お前から、ばあちゃん以外の家族の話、一回も聞いたことねぇなと思って」

「だって、とくに話すこともないですし……」

「あ、仲悪い系？」

「いや、そういうんじゃなくて……。私が気にしすぎなだけで」

「気にするようなこと言われたんだ？」

瀬名先輩は、どうしてこんなに人の心の中にまっすぐ入ってくるんだろう。

なんの遠慮も躊躇いもないから、こっちが身構える前に言葉が胸に刺さってしまう。

誰にも聞かれたことのない質問をされて、私は固まった。

「はは、お前、母親にも呪いかけられてんのかよ」

「先輩はいつも、なんでそんな直球でえぐってくるんですか……」

私は、ストレートな物言いにダメージを受けながら、瀬名先輩のことを軽く睨んだ。

ばあちゃんにも、ここまで踏み込まれたことはない。

自分の中で一番繊細な部分に触れられて、今すぐ逃げ出したい気持ちになる。

「解いてやるよ。お前の呪いなんか」

「え……？」

思いがけない言葉が降って来て、私は目を見開いた。

「いつか話せよ。そういう呪いは、誰かに話したときに消えてなくなる。……だから、解きたくなったら、話せ」

……瀬名先輩は時々、キラキラまぶしすぎて困る。

そんな言葉、どうして自信満々に言えるんだろう。まるで魔法使いみたいに、簡単に。

でも、なぜだろう。

瀬名先輩が言うと、本当のことのように聞こえてくるんだ。

このまま話したら、すべての呪いを解いてくれるんじゃないかって。

胸がきゅうっと苦しくなって、私はなぜか、少しだけ泣きそうになっていた。

この感情は、なんだろう。

瀬名先輩を見ていると、泣きたくもないのに涙が出てきそうになる。

先輩の存在が自分とは真逆過ぎてまぶしいから？　……分からない。苦しい。

光のある方向に瀬名先輩がいる気がするなんて言ったら、どんな顔をするだろうか。

泣きそうな顔で黙っている私を見て不安になったのか、瀬名先輩がピアノのから離れて私の顔を覗き込んだ。

「……なに、どうした？」

きれいな黒い瞳が、臆病な私を映し出す。

「な、なんでもないです……」

「なんでもなくないだろ、その顔。理由言ぇ」

しばしの沈黙合戦が続いた。けれど、質問に答えないと瀬名先輩は納得しないだろう。

「せ、瀬名先輩を見てると、たまに、胸が苦しくなるんです……まぶしくて」

「なんだそれ」

「先輩のこと見てたいけど、見たくない……。もうよく分からないんです、こんな感情……」

瀬名先輩は無表情のまま固まっていた。

それから、ぐっと私の肩に片手を回して、視聴覚室のときみたいに乱暴に私を抱き寄せた。

瀬名先輩の唇が耳のすぐそばに来て、吐息が鼓膜を震わせる。

すべての時間が止まったように、私はなにも考えられず、ただ心臓だけがドキドキしていた。

「……なにそれ。お前、これ以上俺をどうすんの、本当」

「え……?　どうするって……」

「どうすんだよ、責任取れ」

なぜか、不機嫌そうに文句を言う瀬名先輩。

私は訳も分からず、瀬名先輩の抱擁《ほうよう》を受け入れるほかなかった。

すごくドキドキしているけれど、村主さんのことが再び頭に過《よぎ》って、すぐに瀬名先輩から離れた。

……そのときだった。

パシャ、パシャッという音が音楽室の外から響いて、私と瀬名先輩は同時にシャッター音がした方角を向く。

するとそこには、スマホを持った男女と……村主さんがいた。

「岡部、菅原……と村主。お前らなにしてんだよ」

呆れた様子で瀬名先輩は彼らに近づくと、ふたりのスマホをすぐに取り上げた。

岡部さんという、この前話しかけてきたショートボブの先輩が、不服そうに口を尖らせる。

「あー！　ちょっと返してよ。ちょうど熱愛シーン激写中だったのに」

「ふざけんな、消すぞ。あとなんでここにいるんだよ」

「つけてたんだよ。最近、類の付き合い悪いから」

瀬名先輩は菅原さんと岡部さんのスマホをいじって、写真を削除していた。

私は会話に混ざることができず、ただその場に立ち尽くす。

村主さんと目が合うと、喉の奥がきゅっと締まった。傷ついた表情にズキンと胸が痛む。

違うよ、村主さん……今のは。

今のは……たぶん瀬名先輩の気まぐれで、たいした意味はないよ。

言葉にしたいけれど、どんな伝え方が正しいのかまったく分からない。

村主さんになんて言われるのかびくびくしながら目を離せずにいると、彼女はなにかを言いかけて、でもすぐに口をつぐんだ。

そして、ぽろっと片目から涙を流す。

——それを見た瞬間、心臓がズキンズキンと音を立てた。

村主さんの涙を見た岡部さんは、村主さんの背中をバシバシと叩いて笑った。

「ちょっと菅原、村主泣いてんだけど。マジでメンヘラ発動しすぎー」

「え、マジだ。どうした、村主ちゃん。病むの早すぎな」

……どうしてだ。どうして、私が彼女たちの言葉に傷ついているんだ。

それは、昔私が言われた言葉だから？

過去と今を重ねて同調しているだけ？

ファミレスでの、彼女との会話がよみがえる。

『好きな人はひとりでいいの。好きでいてくれる人は、多ければ多いほど効果大』

『それってどんな効果が……』

『承認欲求。常に誰かに認めてもらいたいの』

私はあのとき、ちゃんと伝えたいことがあったんだ。

誰かに好かれたいと思うことは、当たり前の感情だよ、と。

それはとっても自然なことで、村主さんだけが欲していることじゃない。誰だってそうだ。

だから、自分は普通じゃないなんて、悪い意味で自分を決めつけないで。

周りにいる人も、村主さんが普通じゃないなんて、勝手に決めつけないで。

──ねぇ、簡単に、そんな呪いをかけないでよ。

「メンヘラとか、そんな言葉で、勝手に人の気持ちを括らないでください……」

村主さんに勝手に同調してしまった私は、知らぬ間にぽろっと言葉を発していた。

「……は？」

岡部さんの低い声が瞬時に返ってきて、瀬名先輩と村主さんは、目を丸くしてこちらを見ている。

村主さんを傷つけた張本人の私が、いったいなにを言っているんだろう。

だけど、言葉が止まらなかった。

「そ、そんな言葉、簡単に言わないで。ただ傷ついたり不安になったりしただけなのに、そんな言葉で、笑いに変えないで……」

声が、唇が、手が震えている。

でも、見過ごせないよ。

私はもう、誰かが傷ついたりしている姿を、見たくないいんだ。それだけなんだよ。

「なに言ってんのか、全然意味分かんないんだけど。あんた、類に気に入られてるからって調子乗ってんなよ」

「まあまあ岡部ちゃん、落ち着いて……」

岡部さんと菅原さんの会話を完全に無視して、瀬名先輩はスッと村主さんの元へと向かった。

村主さんは涙を拭きながら、私を指さす。

「なっ、なに言ってんのあいつ。マジ意味分かんない……。瀬名先輩、やっぱあいつ頭おかしいよ。桜木より私にしたほうがいいよっ……」

「村主」

瀬名先輩は、村主さんの顔を覗き込んで、目線を合わせる。真剣な顔で見つめられた村主さんは、話すことを止めた。

そして、瀬名先輩はゆっくり口を開く。

「今まで傷つけたなら、ごめん」

「え……」

「あと、村主の気持ちには応えられない。この先も」

「な、なに……それ……っ」

村主さんは、ぽろぽろと涙を流して、瀬名先輩の胸を叩いた。

気持ちに答えることすら面倒くさがっていた瀬名先輩が、はじめて村主さんに真摯に向き合った瞬間だったんだろう。

彼女は悲しむよりも前に、驚き目を丸くしていた。

それから、ははっと笑って、制服の袖できれいな涙を拭う。

「なにそれ……、優しいなんて、瀬名先輩じゃないみたい。誰の影響で、そんな変わったの」

村主さんは、どんっと、瀬名先輩の胸に拳を当てる。

笑いながら、ぽろぽろと涙をこぼす。

「でも、好きな人にちゃんと向き合ってもらうって、こんなにうれしいんだ……。私、今、フラれたのにね……変なの」

第三音楽室に、村主さんのはなをすする音が響く。

私は、かける言葉が見つからないまま、心の中で願った。

どうか、村主さんが自身で縛りつけてしまっているすべての鎖が、優しく溶けていきますように。

心に刺さったすべての棘《とげ》が、いつか丸くなって消えていきますように。

何度も何度も、心の中で唱えた。

「瀬名先輩、ちゃんと返事くれて、ありがとう……」

それは、耳を澄ませてようやく聞こえるほどの、かすかな声だった。

瀬名先輩は相変わらず無表情だったけど、村主さんが泣き止むまで、一歩もそこから動かなかった。

きみの世界

side瀬名類

図書室で食べた焼きマシュマロ、屋上で飛ばした紙飛行機、視聴覚室で観たホラー映画、音楽室で数年ぶりに弾いたピアノ。

覚えていること全部を、SNSにメモしていく。

忘れないように。明日の自分に記憶を繋げられるように。

いつしか、メモしたことさえ忘れてしまうかもしれないと思い、スマホに毎朝通知が来るように設定した。

【起きたら自分のSNSのアカウントを見ろ】

その通知が来ると、数秒だけ思考が停止して、ハッとしてからすべてを思い出すということが増えてきた。

それは、まるで毎回雷に打たれるかのような衝撃で、脳の神経に走った痺《しび》れが、次々に連動していくようだった。

桜木を忘れないことが、本当に記憶のリハビリになってしまった。

……いつかあいつを失うことが怖いから、いっそメモを取ることをやめて忘れてしまおうか。

そんなことを、最近は思っている。

覚えていないけれど、きっと、今までの自分も大切な記憶に出会ったとき、そうやって逃げて生きてきたんだろう。

――いつか忘れることが怖いから。

その言葉は、ずっと、俺の頭の中で廻り続けている。

「瀬名先輩。今年、桜咲くのいつもより遅いらしいよ？　たしかにさー、こんだけ雪降ってたらそうなるよね」

音楽室での一件から数日間経ったある日。

昼休みに中庭にあるベンチでパンを食べていると、なにごともなかったかのようになにも言っていないのに、勝手に隣に座り、クリームパンを頬張りながらスマホをいじっている。

村主がやって来た。

村主はもう俺に話しかけなくなると思っていたから、しれっと目の前に現れたことに驚いた。

ただ、前のように鬱陶しくくっついてきたりはしないけれど。

「あーあ、お花見デートいろんな人に誘われてるのになー」

村主はこれみよがしに男から来たメッセージを俺に見せつけながら、文句を垂れている。

「あいつの髪、直してやったの。お前」

村主の愚痴にはいっさい触れずに、俺はずっと気になっていたことを投げかけた。

「え……？　ああ、桜木の話？　耳にかけて髪どけただけだよ」

「なんで」

「別に。なんか無理してキャラつくってるみたいだから崩してやりたくなっただけ」

「あれキャラづくりなのかよ」

「当たり前じゃん。声つくってるし。なんか昔言われたんじゃん？　意外と整った顔してるから、それでイジメられたのかもね」

あのぼそぼそした話し方は、わざとかもしれないなんて、一度も思ったことがなかった。

村主が、案外人のことをちゃんと見ているという事実に驚く。

驚いている自分を見た彼女は、長い茶髪を掻き上げてから、俺のことをぎっと睨みつけた。

「ていうか私、瀬名先輩以外にも男たくさんいるから、心配しないでいいから」

「一ミリも心配なんかしてねぇよ」

「だから！　大丈夫だから、普通に接してよね」

そこまで強気で言い放った村主の耳が、少しずつ赤くなっていることに気づく。

今までなら、村主の顔も見ずに無視をしていただろう。だけどすぐに、桜木の言葉が浮かんでくる。

『そ、そんな言葉、簡単に言わないで。ただ傷ついたり不安になったりしただけなのに、そんな言葉で、笑いに変えないで……』

きっと、俺が想像する以上に、人は言葉に傷つけられる。

村主だって、もしかしたらすごく言葉を選んで、悩んで、今日俺の隣にやって来たのかもしれない。

そう思うと、今までのようにないがしろにはできない。

「……すでに普通に接してるだろ」

淡白な言葉をそのまま返すと、村主は「たしかに」と言って笑った。

「……桜木のこと、好きなの？」

「お前に答える意味ある？」

「好きなんだ。え－、……それ、どうすんの？」

どうすんの？というのは、忘れるくせにどうすんの？ということだろう。

そんなの俺が知りたい。方法があるなら教えてほしい。

村主は「でもちょっとわかる」と、ひとりごとのように言葉をつけ足した。

「……変なやつだけど、悪いやつじゃないのは、わかる」

そう言って、村主は自分でもまだ受け止めきれていないような表情をする。桜木をどんな位置に配置したらいいのか、分からないのだろう。

俺だって分からない。あいつのことなんて、全然分かってない。

「あ、噂をすれば」

村主は突然、渡り廊下を見てなにかを指さした。

村主の派手な指の先には、うつむきながら、パンを抱えて歩く桜木がいた。

よかった。今日は、桜木の顔を見てもすぐに思い出せた。

ほっとしていると、村主が大きな声で桜木を呼んだ。

「おーい、そこの座敷童子ちゃん。こっちおいで」

「どんな呼び方だよ」

思わず突っ込んだが、桜木は座敷童子という単語にビクッと肩を震わせて、ゆっくりこっちを向いた。

……座敷童って自覚あんのかよ。

この前は髪を耳にかけていたが、すっかりいつもどおり幽霊ばりに顔を隠している。

桜木は一瞬こちらを見て、聞こえなかったふりをして通り過ぎようとした。

しかし、村主がそれを許さない。

「桜木ちゃん、おいでってば」

村主の低い声に、あたりが一瞬しんとなった。

周りにいる生徒は、派手な生徒に絡まれた、いたいけな女子がかわいそうだとでも思っているのだろう。

桜木はギギギ、と音が出そうなほどぎこちない足取りで、ベンチに近づいてきた。

ふたりきりで話しているときは自然なのに、どうして集団の中になるとこいつは過剰に自分の存在を消そうとするのだろうか。

村主が、今座っている四人掛けのベンチのスペースを空けて、桜木に座るよう指示した。桜木はパンを抱えながらゆっくりと村主の隣に腰掛け、うつむいている。

そんな様子を見て、村主が不機嫌そうに声を荒らげる。

「出たよ、その陰キャづくり。この前の威勢はどうした」

「こ、この前はごめん……。勢い余りすぎて生意気言いました……」

「本当だよ。座敷童子のくせに」

桜木は俺に目もくれずに、村主と会話をしている。

俺以外の誰かとまともに話している桜木をはじめて見たので、なんだか少し感動してしまった。

その様子を眺めていると、桜木は突然持っていた財布から千円札を取り出して村主に押し付けた。

「これ、返す。今度こそ、返す……」

お金を借りていたのか？　村主に？

お札を突き付けられた村主は、しばらく考え込んでから、そのお札を指で挟んで受け取った。

「しつこいな。分かったよ」

「よかった、肩の荷が降りた……」

「千円くらいで大袈裟なんだけど」

「こういうのって、金額の問題なの……？」

なんの話かまったく分からないが、村主は珍しく言葉に詰まって、ぽりぽりと頭を掻いて、ため息混じりにつぶやく。

「扱いづら！　このタイプの人種、未知すぎて分からない」

「ええ……」

「ていうか、また髪で顔隠してんなよ。声もつくんな」

そう言うと、村主は桜木の髪の毛を、耳に無理やりかけた。

桜木の丸い瞳があらわになって、俺は一瞬ドキッとした。

雪のように真っ白な肌をしている桜木は、猫背のままおろおろと目を泳がせている。

急に視界が開けると、視線の置きどころに困るのだろうか。

挙動不審な彼女を黙ってじっと見つめていると、ふいに村主越しにばちっと目が合った。

「うわー……」

見つめていたことがバレないように、俺はとっさに目を逸らしてしまう。

すると、微妙な空気感を察した村主が、つまらなさそうに舌打ちをした。

「なにもう、これが青春ですか？　やってられない。早くくっつけばいいじゃん。あーもう、桜木、アンタ最近遊びに行きたいとこないの？」

「え！　なんで急にそんな話題に……」

村主がキレながら桜木のことを問い詰めている。

怒ってるのか、応援しているのか、それとも無理しているのか。村主の行動は俺には理解できない。

桜木は、意味は分からずとも、聞かれたことにちゃんと答えなければと思っているのか、うーんうーんと唸《うな》りながら行きたい場所を捻《ひね》り出していた。

そして、数秒経ってから、「あ」と小さく声を上げる。

「土手に、行きたい……」

「え？　なに言ってんの？」

村主と同じように、俺もまさかの回答に眉を顰める。

そんな場所に何しに行くんだ。

「春になったら、勿忘草がたくさん咲くって聞いて……」

俺たちの不可解な表情を見て、桜木は小さな声でそう補足した。

「ワスレナグサ？　なんでそんなの見たいの」

「見たいっていうか、摘みたいというか……。死んだばあちゃんが好きな花だったから」

「……ふぅん」

桜木の中で、祖母の存在はかなり大きいものなんだろう。

彼女の口から母の話を聞いたことはないが、祖母の話は何回か聞いている。

村主はあきらかに反応に困っているので、俺はようやく口を開いた。

「行くか。春になったら」

「え、いいですよ……。わざわざ人様を連れ出すような場所でもないですし……」

「そ、そうですか……？」

デートで行きたい場所をリサーチされているなんて、全く気づいていないのだろう。

もしかしたら、桜木にとって行きたい場所というのは、誰かと訪れたい場所ではないのかもしれない。

「ひとりで行ったら不審者だろ」

思っているより、桜木を囲む壁は厚い。

「なんで桜木はそうやってすぐ人と距離取るの？」

隣で会話を黙って聞いていた村主が、ストレートすぎる疑問を桜木にぶつけた。

「なんか予防線張ってるっていうか……壁作ってるよね」

桜木の返事を待たずして、畳みかける村主。

「そ、それは、もう誰も傷つけたくないから……」

「なにそれ。アンタ誰かイジメてたの？」

「いや……そうではなくて……」

本当に困ったように言葉を探しているので、俺は村主に「追い詰めんな」と言って制した。

村主は首を捻って、桜木の言葉の真意を理解できない様子でいた。俺にも本当の理由は分からない。

……前から思っていたけれど、桜木が村主のことを庇《かば》ったあの日、あらためて疑問に思ったことがある。

あんなふうに友達のために行動できるのに、どうして桜木は独りでいることを選んだんだろうか。

桜木を縛っているものはいったいなんなんだ。

そんなことを思っていると、昼休憩が終わるチャイムが鳴り、外にいる生徒が校舎に戻り始めた。

「桜木、一緒に教室戻ろっか」

「うん。あ、村主さん、あの、音楽室のときの、瀬名先輩とのことは……」

なにやら桜木が気まずそうに言葉を濁《にご》している。

「もう完全に脈なしって分かったし。今の彼氏ひとりに絞っていくことに決めたから、いいんだよ」

「そうなの……？」

「応援してる」

本当に心の底から笑った村主に、桜木はほっとして笑みをこぼしていた。

はたして村主がなにを応援しようとしているのか、ちゃんと分かっているのだろうか。いや、分かっているはずがない。俺は微妙な気持ちになりながら、ふたりの背中を見送った。

春が近づいているというのに、ちっとも暖かくならない。

ふと卒業まであと三週間しかないことに気づいた。

高校になんの未練もないせいで、とくに意識したことはなかったが、今は桜木の顔が思い浮かんでしまう。

俺はコートのボタンを閉めて、自転車置き場で空を見上げる。

吐いた息が真っ白な空に消えていく様子を眺めながら、桜木が来るのを待つ。

「瀬名先輩、今日のリハビリはどこか外に出かけるんですか」

水色のマフラーに顔を埋めた桜木が、自転車を運びながら近づいてくる。

「そうだよ。たまにはな」

俺も自転車を引いて、ふたり並んで校門へと向かった。

記憶のリハビリなんか、本当はもうどうでもよくなってる。

どうせ記憶障害は治らないし、忘れるときは跡形もなく消えてしまうんだろう。

それよりも〝今〟、桜木となにをするのかということが、自分の中で大切な気がしてきたのだ。

「お前、なんか食べたいものとかねぇーの？」

「え、急に言われましても……」

「捻り出せ。今日はお前に任せる」

俺の唐突な要望に、桜木がうしろで困り果てていることが背中で伝わってくる。

「最近SNSで流行ってる苺パフェのお店が、駅の近くにあるらしく……、美味しそうだなあと」

意外にも女子高生らしいリクエストだ。

「店の名前、なに？」

「えっと、たしか『ボンボンカフェ』です……」

「了解」

そう言って、俺は自転車を漕ぎ出した。桜木は戸惑った様子で俺のあとをついてくる。

頬をかすめる風は冷たくて、耳が千切れそうなほど寒い。

過ぎていく街の景色や、今にも雪が降りだしそうな空、桜木の水色のマフラーが風に舞う光景と、桃のように染まった頬。

そのすべてを、脳に焼き付けられたらいいのに。

駅に着いてマップアプリを開きカフェを目指していると、桜木は「え、本当に行くんですか」と戸惑っている様子だ。

「お前が行きたいって言ったんだろ」

「私はパフェ食べたいですけど、でも、瀬名先輩は甘いもの嫌い……」

「コーヒー飲むわ。寒いし」

「あ、はい……」

「着いた。ここか」

水色と白を基調とした店構えは、いかにも女子が好きそうな雰囲気だった。

想像以上にガーリーな雰囲気のお店を見て、桜木は後ずさる。

「ご、ごめんなさい、入りづらかったら全然大丈夫ですので……」

「なんで？　いいよ」

なんのためらいもなくドアに手をかけると、彼女は目を丸くした。

店の中は予想どおり女子とカップルで溢れ返っている。

店員に案内され窓際の席まで移動すると、途中でちらちらと視線を感じた。

とくに気にせず席に座り、「ほら」とメニュー表を桜木に渡すと、彼女は顔を真っ青にしていた。

「どんな感情してんの、その顔」

「だ、だってこんなにかわいらしい空間だと、思ってなかったんですもん……。なんか先輩目立ってるし」

「ぐだぐだ言ってないで早く選べ」

「う、うう……。この場にいていいんでしょうか、私は」

「苺パフェ食いたいんだろ」

そう問いかけると、桜木は大きくこくんと頷いた。

素直な反応をかわいく思ったが、俺は顔に出さないように店員を呼び止めて、桜木が食べたいと言った期間限定の苺パフェを頼んだ。

桜木は耳にかけていた髪の毛をさっと下ろしてうつむき、この店の空気と化そうとしている。もう慣れているのでなにも言わなかったが、逆にその方が目立つことに気づいてないのだろうか。

「な、なんか緊張してきました……。ト、トイレ行ってきます」

「幽霊と間違われんなよ」

「たしかに……。気を付けます」

俺の冗談を真剣に受け止めて、桜木はうつむいたまま、すごすごとトイレに向かっていく。

俺は、先に運ばれてきたコーヒーを飲みながら、白い窓枠越しに、景色をぼうっと眺めていた。

桜木と外で会ったのはあの遊園地以来だろうか。

もう、記憶がかなり薄れかけているが、SNSに残した記録を読んで、なんとか繋ぎとめている。

桜木は、俺の記憶がたまに飛んでいることに、もう気づいているだろうか……。

できる限り、バレてほしくない。

そんな形で……。病気がきかっけで、自分の気持ちを見透かされたくない。

「あの……、すみません」

ぐるぐると解決しようのないことを考えていると、急に横から女子の声が聞こえて、
俺はゆっくり視線を移動した。

そこには、まったく見覚えのない他校の女子がふたり並んで立っていた。

「もしかして……、瀬名類さんですか？」

見覚えがないが、もしかしたら記憶を失くしてしまっている人物なのかもしれないと思い、俺は言葉を待った。

「あの、姉があなたと同じ高校に通ってるんですけど、超カッコいい人がいるって言ってて……、姉がこっそり撮った写真の顔と似てて」

……は？　なんだそれ。完全に知らないやつだ。

「ていうか、姉盗撮してんのヤバくない？」

「普通に実物の方がカッコいいですねー」

真剣に話を聞こうとして損した。思わずため息が出る。

なにも面白くないのに笑っているふたりを完全に無視して、俺は頬杖を突きながらスマホをいじるふりをした。

「あのー、SNSとかやってますか……？」

「やってない」

「あー、ぽいですー」

即答するも、何やらふたりで騒いでなかなかどかない。

桜木が戻ってくるまでに早く散ってくれ。

そんなことを思っていると、彼女たちのうしろに桜木がひっそりいることに気づいた。

俺は桜木に向かって「来いよ」と、口パクで言い放つ。すると、俺の目線を追った見知らぬ女子高生ふたりは、桜木を振り向きながらサッとどいた。

しかし次の瞬間、桜木含む女子たち三人は「え……」と小さく声を漏らしてその場で硬直した。

「もしかして……、琴音？」

女子高生のうちのひとりが、数秒経ってから問いかけた。

桜木は顔面蒼白で石のように固まっている。

誰が見たって分かる。まったくいい空気ではない。

「え、嘘。なんでこんな店に来てんの？　ウケる……」

「なに、莉子の友達なの？」

「友達っていうか……中学が一緒。なんか親がモンペで、学校に乗り込んできてヤバかったんだよ。うちの娘をイジメたのは誰なんだって騒いで」

「え、ヤバー。ていうか、まさか瀬名さんの彼女……？」

「え！　まさかふたりでこの店来てたの⁉」

なんだ、こいつら……。小声で話しながら、桜木のことをちらちらと見ている。

その様子に怒りでめまいがするほどだったが、下手に騒ぎ立てたら、きっと桜木は迷惑だろう。

ひとまず桜木をこの店から連れ出そうと、俺はスッと立ち上がった。

「桜木、帰んぞ」

そう言ったが、俺の声はまったく届いていないらしい。

桜木は両手で耳をふさいでなにかをつぶやいている。

「え？　今なんて……」

よく耳を傾けると、「ごめんなさい……」という言葉が聞き取れた。

雑音で簡単に掻き消されてしまいそうなほど、か細い声だった。

今にも壊れそうな桜木を見て、胸がギュッと苦しくなる。

なんで、謝ってるんだ？

過去のトラウマが、桜木をそんな風にさせているのか……？

桜木の様子に一切気を遣わず、莉子と呼ばれる女子高生が詰め寄って来る。

「瀬名さん、本当に琴音と付き合ってるんですか⁉ え、謎すぎて超ショックなんですけど……」

「いや莉子、さすがに失礼……」

「だって、ありえなくない？」

莉子という女生徒は、友人の声を遮って興奮している。

ふたりの声は、もはやただの雑音だ。

震えている桜木を見ていたら、言葉では言い表せないほどの怒りが沸いてきた。

もし今、桜木の中にある〝言葉の呪い〟がいくつもよみがえってしまったのだとしたら……。

「桜木、帰ろう」

もう一度話しかけるが、彼女は固まったまま動かない。……動けない。

いっさい、俺に助けを求めようともしない。

ただただひとりで、時が過ぎるのを耐えている。

そんな姿を見たら、喉の奥の奥がきゅっと苦しくなった。

——なあ、桜木。お前今まで、傷つくたびに、そんな石みたいになって耐えてきたのかよ。

誰かが傷つくことに人一倍敏感なのは、自分も共感して傷ついてしまうほどの経験があるからなのか。

俺は、簡単に人を傷つけてきた側の人間だから、桜木の世界をなにも知らない。なにも分かっていない。

……でも、それなのに、こうしてお前のために怒りが込み上げたりするんだ。

本当、笑えるよ。

自分の中に、こんな感情があったなんて。

人の痛みなんて、分かりっこないと思っていたのに。

知りたいって、思うんだよ。

両耳をふさいでひとりで過去と戦っている桜木の世界に、入りたいって思うんだよ。

「琴音」

名前を呼ぶと、一瞬あたりがしんと静まり返った。

ようやく俺の声が届いたらしい桜木は、怯えたままの目で俺の顔を見つめている。

俺は女子高生ふたりを退けて、桜木の目の前まで近づくと、椅子にかけていた自分のコートを、彼女の頭からバサッとかぶせた。

視界を遮られた彼女は、戸惑った瞳で、俺のことを見上げる。

「……なにも聞かなくていい。なにも、見なくていい」

一瞬だけ桜木の瞳が揺れて、彼女の涙がこぼれ落ちそうになった。

その姿を見た俺は、こいつを守りたいとか、傷つけたくないとか、そんな感情を全部超えて、気づいたら襟を引っ張って、コートの中で桜木にキスをしていた。

「え……」

触れたのはたった数秒で、唇が離れると桜木は小さく声を漏らした。

俺はそのまま桜木の腕を引いて、驚き固まっている女子高生ふたりを一瞥してから、レジに金を置いて店を出る。

桜木の腕がかすかに震えているのを感じ取って、俺はまたどうしようもなく苦しくなってしまった。

守りたいと、愛しいという気持ちは一体だということを、俺はそのとき、はじめて知った。

第三章

大切な人

side桜木琴音

頭の中が真っ白になった。

大きなコートで目の前が真っ黒になったと思った次の瞬間、瀬名先輩の顔が近づいてきて、気づいたらキスをされていた。

私はあのあと、大きめのコートを着せられたまま店を出て、起こったことを受け止められないまま、先輩と一緒に駅へ向かった。

駅前でコートを返すと、瀬名先輩は「俺逆方向の電車だから」と言って、反対側のホームへと消えてしまった。

私は「はい」と反射的に返事をしただけで、茫然としたまま駅のベンチに座り込み、そのまま二本電車を逃している。

「なに……?」

さっきの行動の真意は、いったい……。

いくら恋愛に無縁だった自分だってわかる。

あれはドラマで観るのと同じような、昼同士のキスだった。

「しかも、莉子の前で……」

まさか、偶然にも莉子と再会するなんて思ってもみなかった。頭の中に思い出したくない過去が一気にフラッシュバックして……。

今すぐ立ち去りたいと思ったけれど、でも……そんな感情なんて吹き飛ぶくらいの衝撃的な出来事だった。

もちろん、キスなんて人生ではじめてだ。

なんだかじわじわと体が熱くなってくる。

「とりあえず、帰らなきゃ……」

とてもひとりでは抱えきれない感情を押し込めて、不安定な足取りでなんとか電車に乗り込んだ。

瀬名先輩に会ったら、どんな顔をしていいのか分からない。

翌日、私は学校に着くと、すぐに机に顔を突っ伏していた。

『……なにも聞かなくていい。なにも、見なくていい』

瀬名先輩の言葉がふとよみがえり、また心臓がどんどんとうるさくなる。

ひたすら耐えようとしていた私の視界に、急に優しい声と体温が近づいてきて、私はあの瞬間、不覚にも泣きそうになってしまったんだ。

あのとき瀬名先輩がヒーローみたいに見えたんだよ。

「――おい、桜木」

美術の授業が終わって、休憩時間に入ったころ。

パシッと軽いなにかで頭を叩かれて、私はうしろを振り返った。

そこには、丸めた資料を持った小山先生がいて、すぐに現実に引き戻される。

忙しくて床屋に行けないのだろうか。髪の毛がだいぶ伸びている。

「進路希望、出してないのお前だけだぞ。とりあえず、今少し話せるか」

「……はい」

そうだった。すっかり忘れていた。結局母が取り寄せた大学の資料にも目を通していない。

気まずい空気の中人けのない資料室に移動し、一対一で先生と向かい合う。

深緑色のセーターを着た小山先生は、「人がいない教室は寒いな」と言って、ストーブをつけてくれた。

先生は、私が白紙で出した進路希望調査表を机の上に置いて、こちらをじっと見つめている。

「昨日、桜木のお母さんから電話があったんだ。桜木がどんな進路を希望しているのか知りたいと」

「え……？」

「親に話してないのか？　お母さん、悩んでたぞ。学校のこと、なにも教えてくれないって。昨夜は呼ばれているのに、黙って二階に上がって、そのあとは部屋から出てこなかったらしいな。なにかあったのか？」

小山先生は本当に心配そうに話してくれたが、私の胸はザワついていた。

母は、昔から私のことを細かく把握したがる。仕事で忙しい分、知らないことが多いと不安なのだろう。

……そんなふうにさせてしまったのは、私が中学で孤立してしまったせいなのだけれど。

「それと……最近、三年の瀬名と仲がいいのか？」

「えっ！」

急な質問にドキッとして、私は思わず大声を上げてしまった。

「この前、一緒に帰るところ見えたから。桜木が誰かといるの珍しいと思ってな。もしかして、イジメられたりしてないよな？」

「ち、違います！」

珍しく私が強く否定したので、小山先生は一瞬驚いていた。

私は再びうつむいて、大きな声を出してしまったことを恥ずかしく思った。

「ならいいけど……、まあ、あいつももうすぐ卒業だからな。桜木はクラス内でもそろそろ話し相手できるといいけどな」

……そうか。瀬名先輩、もうすぐこの学校からいなくなるんだ。

当たり前のことなのに、この時間がいつまでも続くような気がしていた。

おかしな話だ。最初は、あの秘密の日記帳を返してもらいたいがために始まった記憶のリハビリなのに、今はもうそんなことがどうでもよくなっている。

瀬名先輩と経験したことすべてが、自分にとってはじめてのことばかりで、思い出がどんどん増えている。

最初は変化が怖かったし、派手な人に絡まれて戸惑うこともあったけど、間違いなく私の毎日は変わった。

瀬名先輩が卒業したら……またあの、雪が降る前の空のように、薄暗い日々に戻るのだろうか。

そう思うと、チクッと胸が痛んだ。

なにも起きない毎日を、心から望んでいたはずなのに。

ぼんやりしていると、小山先生が「桜木！」と言ってパンと目の前で手を叩いた。

「とにかく、進路は今週中には出すように。仮でいいから」

「はい……」

「これ以上、親を心配させるなよ」

そう言って、小山先生はストーブを消して私より先に部屋を出ていった。

次の授業まで間もないので、重い気持ちのまま私もスッと席を立ち上がる。

二限目は選択授業で、他クラスと合同だ。教室は三階にあって遠いので、急がなくてはならない。

私は授業道具をまとめて、階段を駆け上がった。

三年生がいる階なので、瀬名先輩と偶然すれ違ったりしないかソワソワしながら、廊下を通り過ぎる。

しかし。その後、瀬名先輩の姿を見かけないどころか、放課後の待ち合わせのメッセージすらなかった。

皆が部活や塾に向かう中で、ひとりまっすぐ家に帰る。

何か用事があったのだろうか。

直帰は今までの日常だったのに、どうしてこんなに胸の中がスカスカするんだろう。

自転車にまたがって、漕ぎだす前になんとなく後ろ髪を引かれて校舎を振り返ると、遠くに瀬名先輩の姿を見つけた。

「……あ」

こんなに距離があるにもかかわらず、しっかり目が合ってしまった。

どうしよう。ここで声をかけないのもおかしいよね。

……けれど、瀬名先輩はいっさい私に反応することなく、同級生と話している。

あれ……？　今目が合った気がしたのは、気のせいだったのかな……？

また、胸がチクッと痛んで、私は心臓付近を押さえた。

その場に立ち尽くしていると、背後からチリンという音とともに「座敷童子ちゃん、危ないよそこ」という声が聞こえた。

振り返るとそこには、同じように自転車に乗った村主さんがいた。

今日は茶色い髪の毛をくるくるとお姫様みたいに巻いている。

「村主さん……、ごめん、今どくね」

「デートだから急いでんだけど。……ていうか、なに、心臓押さえて。動悸？」

「動悸かな、そうなのかも……」

「今日は瀬名先輩と放課後遊ばないの？」

「うん……、とくに連絡なくて」

「えー？　本当気まぐれだなー、あの人。……あれっ、ていうかあそこにいんじゃん」

彼女が指さした方向には、友人と一緒に、校門まで自転車を運んでくる瀬名先輩がいる。

村主さんは大きな声で「瀬名先ぱーい」と呼んで、ぶんぶんと手を振った。

呼ばれたことに気づいた瀬名先輩は、ゆっくりとこちらに近づいてきた。

ドクンドクン、と心臓が早鐘《はやがね》のように鳴り響いて、頭の中に昨日のキスの映像が浮かんでくる。

どうしよう、どんな顔をしていいのか、分からない……。

もしかして、キスをしたことを後悔して避けられている？

「今日は桜木と遊ばないの？」

目の前まで近づいてきた瀬名先輩のつま先を、うつむいたまま見つめる。

しかし、村主さんの問いかけに、瀬名先輩は首をかしげた。

「……なに、誰それ」

え……？

どういうことか、すぐに理解できなかった。

瀬名先輩に避けられているのではなくて、本当に忘れられている……？

嘘だ、そんなはずはない。

「いや、なに言ってんの？　この桜木ですけど。寝ぼけてんの？　それとも虫の居所が悪いだけ？」

村主さんが私の代わりにすぐに問い詰めてくれた。

「お前こそなに言ってんだよ」

「いやいや、冗談でしょ」

「今日は予定あるから。また今度な」

「あ、ちょっと瀬名先輩……！」

瀬名先輩は、一度も私に目をくれずに、颯爽《さっそう》と自転車を漕いで友人たちと一緒に行ってしまった。

ぽつんと取り残された私たちは、その場に棒立ち状態だ。

村主さんはあんぐりと口を開けたままで、瀬名先輩が去っていった方向を指さした。

「ねぇ、今本気で忘れてたのかな……」

「え……」

「それとも、ケンカとかした……？」

村主さんの言葉に、頭を横にぶんぶんと振る。

いつもと違った行動といえば、キスをしたことくらいだ。

もしかしたら、キスをなかったことにするために忘れたフリをしたのだろうか。

そんな考えがよぎったけれど、瀬名先輩はそんなことはしないはずだ。

「もしかして、本気で桜木のことが大切になって、記憶消えちゃったのかな……」

村主さんがぽつりとつぶやいた言葉に、私はどう反応していいのか分からなくなってしまった。

瀬名先輩にとって、私が少しでも大切な人になれたということ……？

だけど、瀬名先輩の記憶に今、私はいないかもしれない。

自分が瀬名先輩の大切な人ということも含め信じがたいけれど、もし万が一それが本当だとしたら、まったく知り合う前のスタート地点に戻ってしまった、ということだ。

そう考えた瞬間、さっきとは比べものにならないほどの胸の痛みが、ズキンと走った。

「桜木、大丈夫……？」

「だ、大丈……」

あれ……？

瀬名先輩の記憶から消えたら、いつもの落ち着いた日常に戻って、いいことだらけのはずなのに。

どうして今、瀬名先輩と過ごしたすべての時間が、頭の中を駆け巡っているんだろう。

ぽろっと、一粒の涙がこぼれ落ちて、私は動揺した。

村主さんは、眉間にしわを寄せて、苦しそうな顔をしている。

それから、「複雑すぎじゃんね……」とつぶやいて、優しく私の背中をポンと叩いてくれた。

——大丈夫。瀬名先輩が卒業するまであと一か月もない。

これは、それがただ早まっただけの話じゃないか。どうせ卒業したら、もう記憶のリハビリに付き合うこともないんだろうし。

自分でもコントロールできない感情に戸惑いながら、何度も何度も言い聞かせた。

そうだよ。先輩が卒業して上京したら、私のことなんて忘れるはずなんだから。

大丈夫、悲しくないよ。

明日から、いつもの日々に、元どおりになるだけ。

ツラいことがあると、いつもばあちゃんを思い浮かべる。

記憶の中のばあちゃんは、笑顔が優しくて、腰が丸くて、背が小さい。

両親のケンカを聞くことがツラくなって自分の部屋から出ていくと、ばあちゃんはいつもおやつを食べようと誘ってくれた。

栗羊羹、麩菓子、べっこう飴、焼きりんごにさつまいもバター……。

ばあちゃんがくれるおやつは、正直どれも子供が好きそうなものではなかったけれど、私はその素朴な味にほっとしていたんだ。

ばあちゃんと一緒の空間は、私にとって絶対的な安全領域だった。

……涙を流したのは、ばあちゃんが死んだとき以来のことだった。

瀬名先輩の心の中から私は消えた。

大切な人を失うことが、この世で一番ツラいことだって、ばあちゃんを失ったときに知ったのに。

だから、人と関わることを避けてきたのに。

こんなことになるなら、あのとき、日記帳なんかどうでもいいと啖呵《たんか》を切って、瀬名先輩から離れたらよかったな。

「琴音、部屋入るわよ」

「うん」

ばあちゃんの写真を見ながら後悔に浸っていると、コンコンとノック音が響いた。

部屋の中に入ってきた母は、いつも通り疲れた顔をしている。

「先生から聞いたけど、まだ進路調査表出してないんだってね。もう琴音ひとりだけだって、嫌味言われちゃったわよ」

瞳にも疲れがにじみ出ていて、私は「ごめんなさい」ととりあえず謝った。

「……琴音は、将来なにになりたいとか、イメージはない？」

母の質問に、とっさに言葉が出なかった。

自分になにができるのか、なにを求められているのか、全く想像できない。

……それはたぶん、自分のことがちっとも好きではなくて、自分に期待できないからだ。

進路調査表なんて、テキトーに書いて提出すればよかった。先生に迷惑をかけていることを申し訳なく思う。

母の顔を見ることができなくて、母の痩せた鎖骨をじっと見つめる。

今日も何も言い返さない私に痺れを切らしたのか、母はハァと大きなため息を吐いて髪をかきあげた。

「……琴音、なんでいつもそんなに覇気《はき》がないの。なんでいつもそう暗いのよ」

何か言おうとする前に、母の言葉が感情に蓋をしてくる。

「ご近所さんにも明るく挨拶できなくて、お母さん本当恥ずかしい思いしてるのよ。そうやって、黙ってたら解決するなんて思わないで。社会じゃそんなの通用しないのよ、わかる？　せっかくいい高校に通わせてるんだから、大学受験でレベル落としたりしないと約束してちょうだい」

言葉ひとつひとつが、ただ鉛《なまり》のように胸の中にたまっていく。

重たくて、逃げ出したい。

学生時代からハツラツとしていて、クラスの中心にいるような人物だったという母は、自分と正反対の私のことがコントロールできなくて苛立つのだろう。

私と母は、普通の親子のようにできない。

根本的に性格が違いすぎるからなのか、それとも、もう本当に愛されていないのか。

もし私と母が同じクラスにいたら、絶対に混ざり合うことは無かっただろうと思う。

「母さんは、もう高校生のときには大学だけじゃなくて就職のことまで考えていたわよ。もし私の時代だったら、琴音の甘えた考えじゃ、絶対生きていけない」

「うん……」

「せっかく頭は私に似たのに。お母さんは、高校生活楽しくて仕方なかったわよ。三年なんてあっという間なんだから、もっと友達もつくって、いいかげん社交性も身に着けなさい。そんなんじゃ、絶対就活で苦労するわよ。これ以上、お父さんと私に心配かけないで」

母は、いつも自分の過去と今の私を比べたがる。お母さんだったら、お母さんの時代は……と。そして極め付きに、絶対こうなるわよ、と私の未来を良くない方向に断定するのだ。

その度に、私は喉まで出かかった言葉をぐっと飲み込む。まずくて大きな飴玉をそのまま飲み込むように、何度も、何度も。

「もしかして琴音、またイジメられてたりしないでしょうね……？」

ひたすら母の愚痴を受け流していたら、ついにそんなことまで言われてしまった。

母の怯えたような瞳には、私を心配する気持ちと、自分を心配する気持ちの両方が透けて見えた。

私はこの表情を、ずっと前にも見たことがある。

それは中学時代、イジメの事実が教師に知れ渡り、担任から母に連絡がいった日のことだ。

家に帰ると母はひどく落ち込んでいて、父に『お前がちゃんと見てないからだ』と、さんざん責められていた。

きっと、母は仕事に子育てに家事に、いっぱいいっぱいだったんだと思う。

ひとしきり泣いたあと、私の肩を揺らしながら、母はつぶやいたんだ。

――私の胸の中で、一生消化できない呪いの言葉を。

『もうお母さん、琴音のこと嫌いになりそう……』

それを聞いた瞬間、もう完全に、母に見放された気がした。

私という人間は、母にすら嫌われるほど理解しがたく、他人を苦しめる面倒な性格なんだと。

ねぇ、お母さん。私もどうしたらいいか分からないよ。

どうしてこんなに、人と上手く関われないのだろう。やっぱり私がおかしいのかな。

莉子ちゃんと上手くいっていないことがバレたとき、母はすぐに教育委員会に通報した。

でも、私はただ、母から「ツラかったね」という一言が欲しかっただけだ。

あの時から、私たちの間には大きなズレが生じている気がする。

私にはもう、味方はいない。ひとりで立ち向かわなければならない。

そのために、私は決意したのだ。

もう誰も傷つけたくないし、傷つきたくない。だから——ずっとひとりでいる、と。

ひとりでいたら大切な人ができることもないし、そうしたら、失うものもない。もう、大切な人を傷つけなくて済むんだって……。

「——イジメられたり、してないよ。安心して、お母さん」

過去を断ち切るように、言葉を振り絞った。

母は、心から安心したように、「よかった」と目を細める。

「し……、進路希望、候補の大学から決めて、ちゃんと出すね。将来のことも、ちゃんと考える」

早く終わらせたくて、逃げたくて、母の望む言葉を棒読みする。

「分かった、約束よ。琴音、なにかあったら必ずお母さんに言うのよ」

「うん、ありがとう。心配かけてごめんなさい……」

無理やり笑顔を貼り付けて、母を安心させる。

母は、私の背中をぽんぽんと叩くと、疲れた顔をしながらドアをバタンと閉めた。

その瞬間、緊張の糸が一気に解けて、私はそのままベッドの上にダイブした。

目を閉じて、深く呼吸をする。肺にたくさん空気を入れて両手で耳をふさぐと、心が徐々に落ち着いていく気がするのだ。

大丈夫、大丈夫……。

何度も自分に言い聞かせるけれど、今日はショックな出来事が重なったせいか、まだ胸がザワついてる。

「ツラい……」

じわりと涙が浮かんでくる。

こんなとき、瀬名先輩だったらなんて言い返していたのかな。

瀬名先輩くらい、周りの意見を恐れずに行動できたら、もっと世界は違って見えるのかな。

ふと、音楽室で言われた言葉がよみがえる。

──『解いてやるよ。お前の呪いなんか』

なんの根拠もないあの言葉が、あのときとても力強く聞こえたのは、なぜ。

思い出すと、泣きそうになるのは、なぜ。

「瀬名先輩、本当に私のこと、忘れちゃったの……？」

涙で震えた声が、枕の中に吸い込まれていく。

呪いを、解いてよ。今、話を聞いてほしいよ。

誰かにじゃなくて、瀬名先輩に聞いてほしいことが、本当はたくさんたくさんあるよ。

答えなんかいらないよ。

ただ、瀬名先輩に聞いてほしいだけなんだよ。

私が気にしているちっぽけなことなんか、全部笑い飛ばして、しょうもないなって背中を叩いてほしい。

誰かに自分のことを話したいなんて、生まれてはじめて思ったんだ。

それはたぶん、瀬名先輩が私の中で大切な人だから。

大切だから、私のことを知ってほしい。そんなことを、生まれて初めて思った。

「雪……？」

開けっ放しのカーテンから、視界の端にチラチラと白い何かが見えて、私は窓際に近づく。

窓の外に、蛍光灯に照らされた白い雪がしんしんと降っている。

……瀬名先輩も今、この景色を見ていたりしないかな。

雪を見ていたら、ますます悲しみが込み上げてきて、気づいたら先輩とのトークルームを開いていた。

【雪が降ってます】

ほとんどなにも考えずに、メッセージを送ってみる。

ありえないけれど、自分のことを思い出してくれるかもしれない可能性にかけて。

教室で焼きマシュマロを食べたことも、屋上で紙飛行機を飛ばしたことも、視聴覚室でホラー映画を観たことも、音楽室でピアノを聴かせてくれたことも……。

全部全部、忘れちゃったの？

「先輩……」

会いたい。

再び涙が出かけたそのとき、手に握りしめていたスマホが震えた。

メッセージの送信者の名前を見て、私は息を止めた。

【瀬名類】というたった三文字が、こんなにも私の胸を縛り付けるなんて。

私は震える指先でメッセージを開いた。

【電話かけていい？】

たった一言、それだけ送られている。

電話という予想外の提案に動揺した私は、どう返したらいいのか分からず、しばらく画面を見つめたまま固まった。

家族以外の人と電話をするなんて、小学生のときの連絡網以来だ……。

なんて、どうでもいいことを考えてもたもたしていると、すぐに次のメッセージが飛んできた。

【やっぱ電話いいや。会いに行くから】

「な、なんで……？」

私のことを忘れているはずなのに、どうして？

もしかして、思い出したの？

わけもわからず涙が溢れてくる。

分からないよ、瀬名先輩。私は、どうしたらいいの？

瀬名先輩の、住所を送れという指示にしたがって、私は戸惑いながら自宅の地図を送った。

本当に来るわけなんかないって、思いながら。

だけど、【了解】と返ってきたきり、瀬名先輩からメッセージは来なくなった。

もしかして、本当に今向かっている……？

そんな訳ない。だけど、かすかな期待をしてしまっている自分がいる。

メッセージが来なくなってから三十分後、スマホが再び震えた。振動は一度で終わらず、震え続けているので、それが電話だと分かった。

通話ボタンを押して、私はおそるおそる耳にスマホを添える。すると、近距離で瀬名先輩の低い声が鼓膜を震わせた。

『……桜木、あのさ、今から言うこと全部信じてほしいんだけど』

「せ……、瀬名先輩、私の名前覚えて……」

どうして？　頭が追いつかないよ。

あんなに胸が張り裂けそうなほど悲しい思いをしたのに、瀬名先輩に名前を呼ばれただけで凍てついた心が溶けていく。

『俺、じつは今日まで本当にギリギリの状態で記憶を繋いでた。スマホに桜木と過ごした記録、全部メモして、写真撮って、毎朝それを見て思い出してたんだ。だけど、スマホを昨日のカフェに忘れてたみたいで……』

え……？　今日だけではなく、もっと前から症状が出ていたの……？

知らなかった事実に、私はどんどん言葉を失っていく。

『店から自宅に電話があって、スマホを取りに行ったんだ。それでようやく桜木との記録を見て、連鎖するようにいろんなこと思い出して、今日の放課後の桜木とのやりとりを考えて、マジで頭の中真っ白になってた』

瀬名先輩が、そんなに大変な思いをして、昨日と今日の記憶を繋げていたなんて、これっぽっちも知らなかった。

私にバレないように、瀬名先輩はどれだけの努力をしていたのだろうか。

そしてどれだけ、毎朝昨日までの出来事を忘れていることに、絶望していたのだろうか。

それはどんなに不安で、ツラいことだろう……。

『……今日、ごめんな。忘れてたせいで、傷つけた』

瀬名先輩の切ない言葉に、私はスマホを持ちながらぶんぶんと首を横に振った。

「もしかして、電話くれたのは、わざわざそれを弁解するために、かけてくれたんですか……？」

『いや、それもあるけど……。あ、着いた』

「えっ、着いたってまさか本当に……」

『カーテン開けろ、桜木』

言われたとおりにおそるおそるカーテンを開くと、降り積もる雪の中に、コートに身を包んだ瀬名先輩が立っていた。

私は驚き目を丸くしながら、急いで窓を開ける。

頬を突き刺すような冷たい風が部屋の中に入り込んで、自分の白い吐息で一瞬瀬名先輩の姿が見えなくなった。

瀬名先輩は、下から私を見上げながら電話越しに囁く。

『……泣いてると思ったから、会いに来た』

「え……」

『なんとなく、そう思った』

「う、嘘……」

『泣いてるのは、なんで？　俺が忘れてたから？　それとも他の理由？』

「そ、それは……。えっと」

『琴音。ちゃんと分かりたいから、教えて』

真剣な声に、信じられないくらい心臓がドキンと跳ね上がった。

そして、瀬名先輩に忘れられていなかったこと、会いに来てもらえたこと、泣いたことを心配してもらえたこと、私のことを分かりたいと言ってもらえたこと、そのどれもが嬉しくて、安心して、再びぽろっと涙がこぼれ落ちてしまった。

「昔の、ツラいことを思いだして……」

私は、くしゃくしゃの顔で涙を堪えながら、震えた声で言葉を返す。

「だから、瀬名先輩に会いたくなって、メッセージ送りました……」

『……そうか』

「呪いを、解いてほしい……もう解放されたいです……」

『分かった。解いてやるから、ここまで降りてこい』

ほら、やっぱり、瀬名先輩の根拠のない言葉でなぜか希望が湧いてくる。

瀬名先輩は通話を切って、もうなにも言わずに私のことを見上げている。

そこに降りたら、私はなにか変われるのかな。……そこに、光があるのかな。

大袈裟だけど、本当にそんなふうに思ってしまったんだ。

私は、親に見つからないようにそっと一階に降りた。

玄関のドアを開けたら粉雪が舞っていて、空気は冷たいはずなのに、瀬名先輩の周りは温かく感じた。

傘を持って、いつものコート姿の瀬名先輩が目の前にいる。

ようやく間近で目線が合って、なんだか気恥ずかしくなったけど、瀬名先輩はまったく表情を変えずに私の手を取って「公園行くぞ」と歩きだした。

うしろを歩きながら、私は自分の涙を親指で拭い、瀬名先輩にまず聞きたいことを整理する。

「……いつごろから、記憶が曖昧になったんですか」

「遊園地のあとかな」

「忘れるって、どのくらいのことを忘れてしまうんですか」

「お前とのことだけ、本当に全部忘れてた。名前も顔も、全部」

「それって、うっかりしたら存在ごと消えてなくなっちゃうってことですか」

「……そうだな。うっかりしないようにするわ」

あまりにあっけらかんと言うもんだから、私は少し拍子抜けしてしまった。

瀬名先輩のこと、私はまだまだちっとも分かっていない。

記憶のリハビリなんて、一緒に過ごすだけで全然力になれていない。

それなのに、瀬名先輩はどうしてこんなに私に優しくしてくれるんだろう。

そんなことをぐるぐる頭の中で考えていると、小さいころよく遊んでいた公園にたどり着いた。

遊具は滑り台と鉄棒しかないけれど、広い芝生のある公園だ。

もちろん、こんなに雪が降っている真夜中では誰もいない。

「あそこでいいか」

瀬名先輩と一緒に、奥にある屋根付きのベンチを目指して歩いた。

傘を閉じて、中に入る。隣に座るようにぽんぽんと座席を叩かれたので、私はゆっくり腰を下ろした。

「これ、お前に返すわ」

座って早々、瀬名先輩は手に持っていたなにかを私に渡した。

「え……、これって……」

「拾ったノート」

「なんで、返してくれるんですか」

もうとっくに忘れていた。このノートで脅されて瀬名先輩との関係性が始まったということを。

これを返すってことは、もう私との関係を終わらせたいってことなのかな。

「言っとくけど、もう脅しは必要ないってことだから」

悲しくなって黙っていると、瀬名先輩はそう言葉を続けた。

「脅し……」

「意味、分かんだろ」

「分かんないです……」

「本当、察し悪いなお前」

先輩は悪態をつきながら、私の膝の上でパラパラとそのノートを捲る。

中には、久々に見るクラスメイト観察日記と、その日感じたことをしたためたしょうもないポエムがあった。

あらためて読むと、孤独に浸っている自分が怖くなってくるが、このときの私は私なりに必死だったのだ。

「お前、これ卒業まで書ききったら、どうするつもりだったの」

「おばあちゃんにお供えしようと思ってました。レポートみたいに」

「ふぅん……。これ、俺も全部読んだけど」

「えっ、全部読んだんですか⁉　最悪だ……」

恥ずかしすぎて顔を両手で覆う私を無視して、瀬名先輩は話を続けようとする。

「全部読んで思ったけど、お前普通に友達できるよ」

「え……」

「できるよ。だから、変に考えすぎずに、欲しくなったらつくれ」

予想もしていなかった言葉に、私は目を見開いた。

あまりにまっすぐに言われたので、なんだか恥ずかしくて目を合わせることができない。

この日記を見て、なんで瀬名先輩はそんなふうに思ってくれたのだろう。

「お前の目からは、あの教室がどんなふうに見えてんだろうって思った」

「高校の皆は……皆いい子で、ひたすらまぶしいです……」

「まあ、そりゃ遠くから見てたらずっときれいなものって、たくさんあるしな」

瀬名先輩の言葉が、ぐさっと心臓に突き刺さった。

そうだ。皆がまぶしく見えるのは、私がその世界に入って、関わる勇気がないからだ。

「別に、桜木がひとりでいたいならそれでいいけど、このノート見てたら、そうじゃなさそうだった」

「そんなこと……ないです。私はただ、友達はできなくても思い出は残すっていう、おばあちゃんとの約束を守るためだけに……」

「……そうか」

しばらく沈黙が流れて、私と瀬名先輩は同時に傘越しに空を見上げた。

羽のように軽い粉雪が、芝生の上にしんしんと降り積もっていく。

さっきまでトゲトゲしていた気持ちが、瀬名先輩と一緒にいると、雪が溶けるように消えてなくなっていく。

ようやく気持ちが落ち着いてきて、私は自然と、自分のことを語りたいと思った。

自分のことをもっと瀬名先輩に、知ってほしいと。

「母親に昔言われた言葉が、ずっと胸に引っかかってるんです。『琴音のこと嫌いになりそう』って、号泣しながら言われて……」

ぽつりぽつりと話し始めた私を、瀬名先輩はなにも言わずに見つめている。

「琴音のことが理解できないって、それからしょっちゅう怒られたり悲しまれたりするようになって、どんどん監視が強くなって……。私と違って母親はすごくはっきりした性格なんです」

「……うん」

「自分が面倒な性格の人間なんだって気づいて……。だから私は莉子ちゃんにも嫌われたんだって、母親の言葉で納得したんです。だったらもう、ひとりでいようって……そうしたら誰も傷つけずに、私も傷つかずに済むって……そう思って……」

だんだんと声が震えてきて、私は涙を出さないためにずっと上を向いていた。

こんなことを聞かされても、瀬名先輩は困るだけだろう。

「私は、私を傷つけた言葉ばかり覚えてる……。きっと一生、忘れられない……」

困らせるって分かっているのに、どうして自分のことなんか話してしまったんだろう。

こんなこと、一生誰にも話すつもりなんかなかったのに。

瀬名先輩は、なにも言わずに、そっと私の手を握ってくれた。

冷えた鉄のように冷たい指なのに……不思議だ。ずっと繋いでいると、じんわりと温かくなってくるんだ。

そんなことに驚いている私と、瀬名先輩はゆっくりと目を合わせる。

「……忘れられなくて当然だし、母親がお前を理解できなくて、当たり前だろ」

繋いだ指の力が強くなり、私は瀬名先輩の言葉を真剣に待った。

「お前と母親は別の人間なんだから」

彼は、まっすぐな瞳のまま、はっきりとそう告げたのだった。

――それは、私が何度も母に言おうとして飲み込んだ言葉だった。

誰かに言ってほしかったことを、瀬名先輩は息を吐くようにいとも簡単に言ってくれた。

急に光が差したように目の前が明るくなって、ずっとずっと胸の奥底に詰まっていたどろどろとしたなにかが体内から流れ出ていく。

「当たり前に、お前と母親は別の人間で、俺とお前もそうだ。この世界中の誰も、お前のことを全部分かったりしねぇよ。自分のこと分かんのは、自分だけだ」

知らぬ間に出ていた涙を、瀬名先輩が指で拭ってくれた。

目を細めて、信じられないくらい優しい表情を私に向けてくれている。それだけで、胸がギュッと苦しくなった。

「大丈夫。親子だから仲良くしないといけないなんて、そんなこともう思わなくていい」

それは、まるで魔法の言葉だった。

みるみるうちに熱い涙が溢れてきて、胸が絞られるようにぎゅっと苦しくなった。私の中の面倒なこと全部を、まるごと受け止めてもらえたような、そんな気持ちになった。

どうして、瀬名先輩はこんなにも私が欲しい言葉をくれるんだろう。

どうして……、こんなに優しくしてくれるんだろう。

「……私、もう一回頑張れるかな……、いろんなこと」

独り言みたいに弱々しくつぶやくと、瀬名先輩は私の肩に手を置いて、そのまま胸の中に抱き寄せた。先輩の優しい香りがする。

「……お前は、人の痛みが分かるから、それだけで百点の人間だと俺は思うけど」

「そ、そんなこと、ありえないです……」

「俺はお前になに言われても傷つかないから、安心しろ」

「瀬名先輩……」

「だから、一緒にいよう。琴音」

ひと呼吸置いて、先輩は確かにそう言い切った。

こんな優しさを、とてもじゃないけど受け止めきれないよ。

どうしたらいいのか分からないよ。

でも、今は自分の気持ちに素直になりたい。

ちゃんと伝えなきゃって、強く思ったから。

「私、瀬名先輩が卒業しても、一緒にいたい……」

「うん」

「一緒にいたいです……っ」

自分の全てを伝えたら、瀬名先輩の腕の力がいっそう強まった。

ずっと、ずっとずっと、母の言葉を気にして、自分の性格を自分で決めつけて、人と深く関わることを恐れて生きてきた。

今までひとりで抱えてきたすべてが、走馬灯のように流れている。

ねぇ、ばあちゃん……。

ばあちゃんと死ぬ間際に約束したあのこと、そういえば大事な部分をちゃんと受け止めていなかった気がするよ。

『友達は作らなくてもいいけど、自分なりの思い出は作れたらいいね』と笑ったあとに、ばあちゃんは一言付け加えていたんだ。

――『ひとりでいることと、孤独でいることは、意味が全然違うよ』

どうしてこんなに大切な言葉を、忘れていたんだろう。

ばあちゃん、本当だね。全然違うね。ちゃんと理解するのに、こんなに時間がかかってしまった。

私は意地になって、孤独になろうとしていたんだ。

私のことなんて誰も分からないと、分厚い鎧《よろい》を身にまとって、独りよがりな考えばかりして。

孤独は自分じゃ解決できないのに、誰の話も聞かずに自ら世界を狭めていた。

でももう、そんな自分はどこかに消えてしまった。

だって、瀬名先輩が私のことを見つけてくれたから。

〝ひとり〟じゃない。瀬名先輩が、ここにいる。

「瀬名先輩、なんでこんなに優しくしてくれるんですか……」

弱々しい声で問いかけると、呆れたようなため息が上から降ってきた。

「……お前さ、俺がどんな条件で記憶障害が起こるか、ちゃんと分かってんだよな」

瀬名先輩の心臓の音が、どくんどくんと鼓膜を震わせる。

冷たい雪が瀬名先輩の肩に積もっていく。

外は冷たいのに、どんどん自分の体温は上昇していく。

言葉に詰まっている私を見て、瀬名先輩は苛立ったように私の両肩を掴んで引きはがした。

「ちゃんと分かってんの？　なあ」

「た、大切な記憶だけ……失うって……」

「そうだよ。お前が大切だからだよ」

あらためて言葉にして言われると、とんでもなく照れ臭くて。

自分の顔が一気に赤くなっていくのがわかり、私は思わずうつむいた。

けれど、瀬名先輩がそれを許さなかった。

両手で頬を包まれ上向かされる。

「じゃ、じゃあ、昨日のカフェで私にしたことは……」

「……カフェでなにかしたっけ」

「お、覚えてないんですか……じゃあいいです……」

「なんだそれ」

キスしたことをすっかり忘れられている事実に、私はあからさまに落ち込んでしまった。

やっぱりあれはただの慰めのようなものだったと思うしかない。

なんでキスしたのかなんて聞くこともできないし。

……なんて、自分の中で葛藤していると、急に瀬名先輩の顔が近づいてきた。

驚いている間もなく、唇に柔らかいものが当たる。

「ごめん、今思い出した」

「な……、なん……」

金魚のように口をパクパクとさせている私を見て、先輩は吹き出す。

二回目のキスをされたという事実を受け止めるのに、自分の頭が追いつかない。楽しそうに笑っている先輩の姿を見て、カフェでのキスのことを忘れていなかったことを確信した。

「ひ、ひどい……、わざと覚えてないフリ……」

胸を叩こうと腕を振り上げると、先輩がそんな私ごと再び抱き締めた。

抱き締める腕がかすかに震えていることに気づいて、私は振り上げた腕を瀬名先輩の背中にそっと回した。

「……琴音」

低い声で名前を囁かれ、私はまたなぜか泣き出しそうになっていた。

瀬名先輩の体温、言葉、優しい瞳、息遣い、そのすべてを、一ミリたりとも忘れたくないと思ってしまったから。

「忘れたくない」

ストレートなその言葉が、いとも簡単に私の涙腺を再び壊してしまった。

もう認めざるを得ない。これが、好きという感情なのだ。

私は……瀬名先輩のことが好きだ。

「俺、春から東京でひとり暮らしするけど、会いに来るから」

「先輩……」

誰かを好きになるということは、こんなにも胸が苦しくなることなのか。

瀬名先輩の背景で舞う雪を見つめながら、私は何度も彼の胸の中で頷いた。

ただ頷くだけで感情を言葉にできない私の頭を、瀬名先輩は優しく撫でてくれたのだった。

勿忘草に誓ったこと

side瀬名類

雪が、桜の花びらのように舞い降りている。

空は真っ黒で、街灯に照らされた雪だけが淡く光っている。

心音と呼吸以外、なにも聞こえない世界で、俺は脳内に焼き付けるように琴音を抱き締めていた。

小さな肩は震えていて、彼女の涙で胸元が濡れている。

琴音の髪の毛にふわりと留まった雪を指で払って、頭を優しく撫でた。

大切な人の記憶だけ保てないことが、これほど残酷なことだと知らなかった。

琴音がいなかったら、この記憶障害と立ち向かおうなんて思いもしなかった。

いったい、いつまで抗えるだろうか。

毎日、祈るような気持ちで眠りについて、今日と明日を繋げている。

スマホの中だけじゃ、琴音の体温や呼吸までは覚えていられない。

だから、俺にとって〝今〟がすべてで、全力で感じ取らなければいけない。

琴音を失いたくない。

胸の中に刻み付けながら、今日が地球最後の日であるかのように、俺は彼女のことを抱き締め続けていたんだ。


けたたましいアラーム音で目を覚ますと、いつもどおりの朝が来ていた。

【SNSを見ろ】というメッセージを読んで、俺は通知のとおり行動する。

そこには、ビニール傘を差しながら、粉雪を見上げている髪の長い女子の写真が投稿されていた。

日付は一週間前で、昨日の投稿には【あいつが雪のせいで風邪を引いてまだ学校に来ない。公園に連れ出した責任を感じる】と書かれていた。

「雪……風邪……」

ベッドの中で唸りながら、今度は画像フォルダを開くと、同じ女子の写真しか残っていない。

怖がっている写真、驚いている写真、笑っている写真……。

その写真を見ていると、自然と気持ちが優しくなってくる。

「琴音……」

気づいたら名前を口にしていた。

写真を見ているうちに、だんだんと琴音の記憶の輪郭がはっきりとしていくのだ。

「あいつ……、早く学校来いよ」

記憶をぼんやりと思い出した俺は、写真の琴音に向かって独り言をつぶやいた。

部屋着である黒のスウェットを脱いで、制服に着替え始める。

気づいたら卒業が目の前まで迫っていて、この制服を着るのもあと一週間かと思うと、少しだけ感慨深い。

ネクタイを結びながら、一晩中つけっぱなしにしてしまったテレビを眺めていると、画面いっぱいに桜の蕾《つぼみ》が映っていた。

そうか、この一週間で一気に春の陽気になったから……。

ふと頭の中に琴音と行きたい場所が過り、胸の中が華やいだ。

しかし、そんな気持ちをぶった切るように、速報で【県内で連続放火相次ぐ】という文字が流れた。

「物騒だな……」

不穏な気持ちになり、俺はすぐにテレビを消す。

その間にスマホには【今日は学校行けそうです】というメッセージが、琴音から届いていた。

ブレザーを羽織って玄関の扉を開け、学校に向かおうとすると……。

「類、待ちなさい」

しゃがれた声が浮足立った俺を引き留めた。

「……なんだよ」

振り返ると、庭先で水やりをしていた祖父が近づいてきた。

電車の時間にそこまで余裕がない俺は、気持ちが焦っている。

「……お前、最近、記憶障害はどうなんだ。ぼうっとしてることが多いぞ」

祖父は眼鏡の位置を片手で整えてから、真剣な顔で問いかけてきた。

「別に。問題ないけど」

祖父から見ても分かりやすいほどだったのか。

俺は祖父の言葉を軽くあしらいながら門扉に手をかけると、祖父が再びそれを止めた。

「来週金曜、なんの日か覚えているのか」

来週金曜……、卒業式以外になにかあっただろうか。

立ち止まって考えていると、祖父が低い声で「お前の両親の命日だろう」と、諭された。

そうか、もうそんな季節がやってきたのか……。

本気で忘れていたような気もするし、頭のどこかでは分かっていたような気もする。

家族のことに関しては、あの事件のせいで本当に記憶が希薄なのだ。

祖父は責めるでもなく、落ち着いた目で俺のことを見ている。

「類、お前……、誰か大切な人ができたのか」

なにも答えずに、俺もじっと祖父のことを眺めている。

生暖かい風が吹いて、祖父の緑のカーディガンを捲り上げた。

「何度も言うが、お前は人とは違う。だからその子のことを、傷つけるようなことはするなよ」

「……分かってる」

「そうか。東京でも、上手くやりなさい」

「……ああ」

俺はふいと顔を背けて、今度こそ家をあとにした。

俺はもうすぐこの家を出て、東京へ行く。

そのことを祖父なりに心配しているんだろうか。

自分は人とは違う、なんてこと、頭では分かっているつもりだ。

……普通ではない俺は、琴音を幸せにできないのだろうか。

ふとそんな考えが浮かんで、電車に乗りながらまたぼうっとしてしまった。

けれど、〝今日〟琴音と会える。その事実だけで、俺は胸がいっぱいだった。琴音と出会ってから、一日一日の重みががらっと変わってしまった。

琴音の姿が見たくて、昼休憩になると俺はすぐに一年の教室に向かった。入口から覗くと、俺にまったく気づかずに、相変わらずうつむいた姿勢の琴音がそこにいた。

背景に溶け込みすぎている。

その暗い様子に俺は思わず吹き出しながら、一緒に昼飯を食おうと、声もかけずにしばらくその様子を眺めてみる。

公園でのあの夜、琴音は子供みたいに泣きじゃくって、過去の自分と闘っていた。その姿を見ていたら、愛おしい気持ちが高まって、思わず二度目のキスをしてしまったのだ。

あいつ、俺が卒業したらまたひとりになるのだろうか。

心配に思っていると、突然琴音は立ち上がって、反対側の扉から教室を出ていってしまった。

いったいどこに行くんだ……？

琴音が向かったのは、なぜか隣の教室だった。そっと覗いてみる。

村主の前でお弁当を持って、なにか必死な様子で話しかけていた。

クラスメイトと昼ご飯を食べていた村主は少し驚いている様子だったが、すぐに笑顔になって、琴音を隣の席に座らせる。

琴音はぺこぺこと頭を下げながら、安心したように、嬉しそうに、笑っていた。

「いつのまに……」

そんなに村主に懐いていたのか。

休み明けにまず俺ではなく村主に会いにいくところは不服だが、琴音が自分なりに勇気を出したことは嬉しい。

俺は菓子パンをくわえながら、声をかけずに琴音たちのいる教室を通り過ぎる。

一言だけメッセージを送って、俺は窓を見上げた。

【今日放課後、土手集合】

今日は澄み渡るような快晴だ。先週までの雪が嘘みたいに感じる。

四季なんて気にしたことがなかったから、春はいつも突然やってくることを忘れていた。

高校から自転車で約二十分。

ようやく建物が少なくなってきて、柔らかな緑の土手が見えてきた。

体力のない琴音は、息を切らしながらうしろをついてきていて、俺はそんな彼女を待たずにひょいひょいと最後の坂をのぼり、自転車をテキトーな場所に置いた。

「早く来い、琴音」

「はっ、はあ……、待ってください先輩、酸素がっ……」

夕日が川面をキラキラと輝かせていて、あまりのまぶしさに思わず目を細める。

階段を一段ずつゆっくり降りて、河川敷の芝生に腰を下ろした。

俺が座ってから少し経って、ようやく琴音が近くにやってきて、芝生の上に倒れ込む。

制服が汚れることなんか、もう構っていられないほど疲れたらしい。

「はあっ……、なんでそんなに先輩余裕そうなんですか……」

「お前はなんでそんなに死にかけてんだ」

「普段誰とも話していなくて、全然エネルギーを使ってないから、慣れてないんですよ……」

「今日頑張ってたじゃん」

「え？　なんのことですか……？」

琴音はきょとんとした顔をしたが、俺は笑いながら「なんでもない」とつぶやいた。

土と草の匂いを久々に感じながら、思い切り深呼吸をしてみる。

青々とした新鮮な春の空気が、俺たちの髪をふわりと空に舞い上がらせる。

ふと、琴音の髪の毛がいつもと違ってゆるやかにカーブしていることに気づいて、俺は髪を指で掴んだ。

「……なにこれ。巻いてんの？」

「あ、はい。昼休憩に村主さんたちに遊ばれて……」

前髪もすっきりと横に流されていて、いつもよりずっと顔がよく見える。

どんな姿でも琴音であることに変わりはないけど、表情が見えやすいのはいいかもしれない。

「いいじゃん、かわいい」

「え⁉」

サラッと思ったことを言うと、琴音は怯えたような顔をした。

「どんな反応だそれ」

「いや、言われたことがなさすぎて……一瞬知らない単語に聞こえました」

耳をおさえて戸惑っている琴音を見て、その様子とセットでさらに可愛いと思った。

「というより、今日はなんで土手なんですか」

明らかに照れ隠しで急に話題を変える琴音。

俺は当初の目的を思い出し、すっと立ち上がって川岸に近づくと、琴音を手招きした。

「今日の記憶のリハビリはこれ」

「え……、あ！　勿忘草、もうこんなに咲いてるんだ！」

「雪をよく耐えたな」

半径五メートルの範囲内に広がる青い花を見て、琴音はまぶしい笑顔を見せた。

花径が一センチにも満たない、小さな青い花が集団になると、ちょっとした川のようにすら見えてくる。

いつか琴音に行きたい場所を訪ねたときに、土手と言っていたと、メモに書いてあったのだ。勿忘草が見たいと。

「ばあちゃんが、好きな花だったんだっけ」

「そうなんです。ばあちゃんはいつもこうやって公園とかで勿忘草を見つけては〝かわいいお花〟って、嬉しそうに眺めてて……」

愛おしそうに花を見つめる琴音のうしろ姿を、俺は不意打ちでスマホのカメラで撮った。

「あっ、ちょっと！　なんですかいきなり……」

「連写攻撃」

「ちょっと……、やめてください！」

そう言いながら、琴音は楽しそうに笑っていた。

青い花と、春の風と、夕日の光と、大切な人の笑顔。

この瞬間を忘れないように、明日の自分に残しておけるように、俺は何枚も写真を撮った。

しばらくすると、抵抗することを諦めた琴音は、勿忘草を数本摘んで、なにかをつくり始めた。

「……瀬名先輩、勿忘草の花言葉、知ってますか？」

「いや……」

「私を忘れないでって、意味らしいです。おばあちゃんが教えてくれました」

静かに語りながら、琴音は器用にシロツメクサの茎も使って、花を繋ぎ留めている。

〝私を忘れないで〟。

琴音を完全に忘れてしまうかもしれない未来を想像して、勿忘草を眺めた。

ぼんやりしていると、琴音が俺の顔をそっと覗き込んできた。

「先輩。あの、ひとつ聞いてもいいですか」

「ん？」

「放火事件のこと、話せる限りでいいので、教えてもらえませんか」

琴音は、本当に真剣な顔でお願いしてきた。

いつか話さなければと思っていたけれど、琴音から聞いてくれるとは思っていなかった。

他人に深く踏み入れることを、何よりも恐れていた彼女だから。

勇気を出して歩み寄ってくれた琴音に、俺も真剣に向き合いたいと思った。

「……俺もよく、覚えてないんだ。どうして母親が火をつけてまで、家族を壊そうとしたのか……」

「……そうなんですね」

「親族は好き勝手に、夫婦仲が悪かったせいとか、育児ノイローゼでとか、いろんな噂をしてたけど」

琴音には、どうしてこんなにもあっさりと自分の過去をさらけ出せるのだろう。不思議に思いながら、誰にも話したことのない気持ちを語る。

「俺だけなぜか生き残って、今こうして生きてる。親に殺されかけてまで、生きてる意味って、なんなんだろって……ずっと分からなかったし、今も正直分からない」

言葉にしながら初めて、今までそんなことを思っていたことに気づいた。

ずっと潜んでいた孤独。誰にも明かすつもりはなかったし、明かしたいとも思わなかった。

「いや、ごめん。上手く言えない」

答えに困るようなことをだらだらと語ってしまったことに気づき、俺はそこで話すことをやめた。

しかし、琴音はじっと俺の顔を見つめてから、まっすぐな瞳を向ける。

「生きる意味のある人間なんて、世界中のどこにもいないと思います」

パンと、跳ね返すような勢いで、琴音はそう言い切った。

諭す訳でも、慰める訳でもなく、当たり前のように。

俺は目から鱗《うろこ》が落ちるような思いで、ただただ彼女を見つめる。

「大切なことだと思ってても、忘れてしまうことって、たくさんあると思います」

真っ直ぐな言葉が、ただ胸の中に沁《し》み込んでいく。水みたいに。

「人はいつか忘れるし、いつか死ぬけど、でも、瀬名先輩と一緒にいることに、私は意味を感じてるから……、だから……」

本当にそうだ。どんな人間だって、大切なことを全部覚えてはいられないよな。

記憶障害のせいだと、思い詰めすぎていた。

「今一緒にいることに意味があるって……。自分が生きる理由は、大切な〝相手〟が持っているんだって、私は思うんです」

きっぱりと言い切る琴音がまぶしい。

なんでそんな簡単なことに、今まで気づけなかったのだろう。

おかしくて……なんだか少し、泣けてくる。

「俺、お前のこと、いつか忘れるかもしれない」

祖父に言われたことを思い出し、このことを真剣に話しておかなければならないと思った。

考えたくもない未来だし、今だけを見て逃げていたいけれど。

でも、俺といることに意味があると言ってくれた琴音を、絶対に傷つけたくないから。

「……それでも、〝忘れた〟ことは、〝大切だから〟だって、分かってくれるか」

そう問いかけると、琴音は一瞬表情を固まらせた。

究極の質問に、世界が止まって見える。

東京に行ったら、琴音の記憶を保つことが難しくなるかもしれない。

大学生だし、会いに行くと言っても限界があるかもしれない。

だけど、それでも、ずっと一緒にいたい。これは俺の勝手だ。

風が吹いて、琴音の柔らかい髪の毛が再び軽やかに舞っていく。

琴音は、いつのまにか震えていた俺の手を優しく取ると、ずっとつくっていたなにかを俺の手首にはめた。

それは、勿忘草とシロツメクサでつくったブレスレットだった。

「嫌です、忘れないでください」

「え……」

「これは、忘れないためのお守りです。勿忘草にかけてつくりました」

器用に編み込まれたブレスレットを眺める。

ずっと、俺に渡すために作っていたのか。

切なくも嬉しい気持ちになっていると、琴音の肩が少しだけ震えていることに気づいた。

「でももし、本当に私のことを忘れて、もうなにも思い出せなくなっちゃったら、なにをしても無理だったら、私は、せめて先輩が最期に見るときの光の中にいたい……」

「……琴音」

「い、一瞬でも……いいから……」

琴音と出会うまで、誰かを傷つけることなんて覚えてないくらい容易《たやす》くやってきた。

俺のことを恨んでいる人間もたくさんいるだろう。

俺は全然、琴音にそんなことを言ってもらえるような人間ではない。

それなのに、どうして琴音はこんな俺と向き合ってくれるんだ。出会いも第一印象も、最悪だったはずなのに。

今、なにかを言ったら泣いてしまいそうだったから、心の中で勿忘草のブレスレットに誓った。

──忘れないために、できるかぎりの努力をしよう。

未来はなにも分からないけれど、琴音を泣かせたくないことだけは、揺るがない事実だ。

抱き締めようとしたけれど、琴音は突然膝立ちし、俺の頭を抱え込むように胸の中に引き寄せた。

予想もしていなかった行動に、頭の中が真っ白になる。

「なにしてんの、びっくりすんだけど」

「……い、いつかの視聴覚室で、怖いならこうしてればいいって、瀬名先輩が教えてくれたから」

「そうだっけ……」

「練習です。これから先、先輩が未来を不安に思ってしまうことがあったら、いつでもこうしますから」

その言葉を聞いて、俺は何倍もの力で琴音のことを抱き締めた。

少しだけ泣いているのを、絶対にバレないようにするために。

なにも言えなくなっている俺を見て心中を察したのか、琴音は俺の頭をそっと撫でる。

目を閉じると、勿忘草の優しく淡い青が、目の前に広がった。

……琴音は、光みたいだ。温かくて、まぶしくて、そばにあると安心する。

生きる意味なんて、もう探そうとしない。

それは探すものでなく、誰かが与えてくれるものなんだと、琴音と出会って知ったから。

side桜木琴音

瀬名先輩が、とうとう今日、卒業する。

出会ってから約二か月間、信じられないほど濃い日々を過ごした。

私は今日もいつもどおりに登校し、頭上で咲き誇る桜を見上げる。卒業式に咲くように、学校が早咲きの桜を植えてくれているのだ。

瞼を閉じると、イタズラな笑みを浮かべる瀬名先輩が浮かんで、私は思わず微笑んでしまう。

瀬名先輩は、卒業しても会いに行くからと、当たり前のように告げてくれた。

私は今、その言葉を信じて、前を向いて日々を過ごすしかない。

ゆっくりと瞼を開けると、そこにはさっきと変わらない景色が当たり前のように広がっていた。

昨日と明日が、繋がりますように。

これから先も、ずっと、ずっと……。

そう、静かに、切実に、願っている。

「……よし、行こう」

瀬名先輩がいなくなっても、私はちゃんと毎日学校に行く。少しずつ、思い出をつくる努力をすると、決めたんだ。

私たち一年生は、代表生徒以外は卒業式に参列せず、普段どおりに授業をすることになっているので教室へと向かう。

教室に入ろうとしたそのとき、タイミングよくスマホが震えた。

【今日の十二時、図書室集合】

メッセージを送ってきたのは……瀬名先輩だ。

式が終わるのは十三時のはずなのに、まさか途中で抜け出すつもりなのだろうか。

思わず【正気ですか】と聞くと、【ちゃんと証書はもらう】と、答えになっていない言葉が返ってきた。

「はは……、やっぱり変な先輩」

机に座りながら、私は口を手で隠して思わず笑ってしまう。

卒業して、瀬名先輩が私のことを忘れても、私は絶対に忘れない。

少しずつ、明日が来ることが楽しみだと思えてきたのは、間違いなく瀬名先輩がいたからだよ。

昼休憩のチャイムが鳴り、私は早々に荷物を片づけて教室を出ようとした。

一刻でも早く、瀬名先輩に会いたい。

「卒業おめでとう」を、直接伝えたいから。

遅い足で精いっぱい走って、まだ人どおりの少ない廊下を抜けて、図書室へと向かう。

扉が半開きになっているのを見て、私の心は躍った。

耳を澄ますと、かすかに『別れの曲』の演奏が体育館から聞こえてくる。いつか、第三音楽室で瀬名先輩が気まぐれに弾いてくれた曲だ。

まだ式が終わるには時間があるから、BGMとして流しているのだろうか。

瀬名先輩の卒業をよりいっそう噛み締めながら、私はドアノブに手をかけた。

いつもどおり、図書室には古紙独特の酸っぱい匂いが充満している。

整然と並んだ本棚を抜けると、風に舞い上がるクリーム色のカーテンの向こうに、長い足が見えた。

窓のすぐそばに咲いている桜の花びらが、絶え間なく舞い込んで、窓下を淡いピンク色に染めていた。

「……瀬名先輩。そんなに窓開けて、桜の花びら散らかしたら……怒られますよ」

「いいだろ、ここ、誰も来ねぇし」

胸に卒業生用のコサージュをつけた瀬名先輩は、窓に腰かけて、私の言葉を軽く流した。

アッシュ系の黒髪が、光に透けて白く光っている。

淡い桜の花びらが、瀬名先輩の肩に、頭に、降り積もっていく。

その光景があまりにきれいで、私は思わず見惚れた。そして同時に、切なくなった。

……ああ、瀬名先輩とこの学校で会うのは、本当に本当に、今日が最後なんだと。

「こっちおいで、琴音」

呼ばれるがままに瀬名先輩の元へ近づくと、「前髪に花びらついてる」と笑われた。

そういえば、いつからか琴音と呼ばれることが普通になっていたな。

ぶんぶんと顔を横に振って、犬のように花びらを落とすと、瀬名先輩はもっと楽しそうに笑った。

不思議だ。

はじめてここに呼び出された日は、恐怖心で震えていたのに。

『俺にとって大切な人つくるってことは、無意味なことだから』と、あの日瀬名先輩は悲しげにつぶやいていた。そして私も、同じように思っていた。

でも、今は違う。

先輩と過ごす一秒一秒に意味があると、心の底から感じている。

「瀬名先輩、卒業おめでとうございます」

笑顔でそう伝えると、瀬名先輩は一瞬目を丸くしてから、照れ臭そうに顔を背けた。

「……なんだその笑顔。お前、人前で不意打ちで笑うなよ」

「どういう意味ですかそれ」

「……嘘。たくさん笑え」

「はい……？」

なにも分かっていないような相槌を打つと、瀬名先輩にバシッと背中を叩かれた。

なぜ叩かれなければいけないのか、まったく分からない。

理不尽に感じながらも、私はふと最近聞いた噂を思い出した。

「そういえば瀬名先輩、成績一位だったのに、担任に嫌われ過ぎて卒業生代表になれなかったって、本当ですか」

「え、なんで知ってんのそれ」

「村主さんから聞きました」

「あいつ……。マジで口軽いな」

「もし瀬名先輩が答辞読み上げることになったら、後輩も皆大騒ぎですね」

「なんでだよ。俺の言うことなんか誰も興味ねぇよ」

「ありますよ。瀬名先輩は謎のカリスマ性がありますから」

「お前、俺のこと過大評価しすぎ」

本気で呆れたように言い放つ瀬名先輩を見て、私はひっそりと隠し持っていたものを取り出した。

それは、瀬名先輩にこの前返されたばかりの、あの秘密の日記帳だ。

「なんでそんなもの持ってきてんの、お前」

「これ、久々に更新したので見てほしいんです」

「感想に困るポエムとか書いてねぇだろうな」

瀬名先輩は、疑いながらノートを開いた。

パラパラと捲って、ゆっくりと最後のページにたどり着くと、瀬名先輩はノートを持ったまま固まってしまった。

最後のページには、瀬名先輩のいいところがいっぱい書き込まれている。

下手くそな似顔絵と一緒に、瀬名先輩の長所をたくさん書き連ねたのだ。

一見近寄りがたいけど、じつは優しい人。

基本意地悪だけど、いい意味で子供みたいなところがあって、たまにかわいい人。

言うことはキツいけど、言葉に力があって、嘘がない人。

そして、弱い部分があるから、強い人。

こんな人になってみたいと、たくさんの人に思わせるような人。

私の呪いを解いて、平坦な毎日に光をくれた人。

優しい魔法使いのような人。

一緒にいたいと思った人。

愛しいと思った人。


こんな箇条書きのラブレター、ちっともロマンチックじゃないな。

だけど、今の私が書いた精いっぱいの気持ちだ。

おこがましいかもしれないけれど、いつか、この言葉がなにかのお守りになりますように。

どうしようもなく傷ついたときに、彼を救ってあげられますように。

そう思って、私はそのページだけきれいに破って、瀬名先輩に渡した。

「なにこれ、お前……なんでこんなことすんの」

ノートの切れ端を受け取った瀬名先輩の目から、一粒の涙がこぼれ落ちた。

あまりに突然のことに驚いていると、瀬名先輩は私のことを強引に抱き寄せる。

「こんなことされたら、琴音のことがどんどん大切になって、どんどん忘れやすくなる……」

「瀬名先輩……」

「お前のこと、死んでも忘れたくない……」

……胸が、苦しい。

瀬名先輩の声が、震えている。

いつも余裕そうな瀬名先輩だったけど、こんなにも怖がっていたんだ。

瀬名先輩の弱さを知って、じんわりと目頭が熱くなっていく。

「琴音……、好きだ」

「瀬名先輩、私も好きです。大好きです……」

初めて伝え合った、〝好き〟という言葉。

明日の瀬名先輩の世界から、私は突然いなくなるかもしれない。

そんな日が、いったいいつ訪れるのか分からない。

悲しすぎるから、本当はそんなこと、一秒たりとも考えたくない。

だけど、どんなに想っていても、抵抗できないことって、この世の中にたくさんある。

現実はきれいごとだけじゃ上手くいかないし、自分だけは大丈夫って思ってたことが突然ひっくり返ったりする。

絶対に約束できる未来なんて、じつはこの世にひとつもないことを、私は知っている。

だから、感じるべきは形のない不安じゃなくて、〝今〟……、〝今〟なんだ。

それに気づいたとき、まっさきに目に浮かぶ大切な人は先輩だ。

……瀬名先輩以外、いないよ。いないんだよ。

私は瀬名先輩と、たくさんの〝今〟を積み重ねたいよ。

「琴音……」

瀬名先輩の髪の毛に、桜の花びらがついている。

それを取ってあげようとしたけれど、瀬名先輩の顔がゆっくりと近づいてきた。

今この瞬間が、永遠に続けばいいのに。

そんなことを、私は生まれてはじめて思った。

……そのときだった。

突然、開いていた二階のバルコニーの窓から、黒いなにかが入り込んできた。

「え……？」

一瞬で分かったのは、男性であることだけ。全身黒づくめの服を着ていて、顔はマスクで隠されている。

誰……？

窓の外では桜の木が大きく揺れていて、タイミングよく大きな風が吹き、私たちの視界を桜の花びらが遮る。

突然すぎて、なにが起きたのかまったく分からなかった。

その侵入者は、図書室の隅にいる私たちにいっさい目もくれずに、信じられない素早さで、ボトルに入った液体のようなものを本棚にまき散らす。

そして、小石を投げるように、火がついたままのライターを放り込んで、扉から出ていった。

「待って……」

ようやく出た声はそんな一言で、火はみるみるうちに大きくなっていく。

あまりに唐突な出来事に頭が追いつかず、たくさんの本が焼けていく様子をただただ眺めている。そういえば、最近不審な放火が続いているとニュースで見た記憶がある……。

ショックが大きすぎて、動けない。

いや、違う。今はショックを受けている場合じゃない。

「せ、瀬名先輩、逃げなきゃ……！」

ようやく声を振り絞って、私は瀬名先輩の肩を揺すった。

しかし、瀬名先輩は顔面蒼白で、その場に立ち尽くしている。

呼吸がだんだんと浅くなり、瀬名先輩は自分の心臓付近の服を右手で握りしめていた。額には大量の汗が伝っている。

もしかして……炎を見てフラッシュバックを起こしている⁉

「瀬名先輩……、目を覚まして‼」

耳元で声を振り絞ると、ハッとしたように目を見開き私の方を向く。

――そこから先の光景は、スローモーションのように見えた。

「危ない！」

喉が張り裂けそうなほどの声で叫ぶ瀬名先輩。

……まっすぐ差し伸べられた手。

すぐにうしろを振り返ると、焼けて崩れ落ちた本棚が、目の前まで迫っていた。

まさかこんな形で、明日が来なくなるかもしれないなんて。

ごめんね、先輩。

私は、心の中で謝りながら、目を閉じた。

すれ違う記憶

side瀬名類

「琴音……、好きだ」
はっきりと、〝好き〟という言葉を口にした瞬間、頭の一部がズキンと激しく痛んだ。
「瀬名先輩、私も好きです。大好きです……」
琴音の声が、どうしてかものすごく遠くで聞こえて、俺は必死に耳を澄ます。
こんなに分かりやすく記憶障害の症状が出たことなんて、初めてだった。
どうして……今なんだ。どうして。
好きだと、はっきり気持ちを言葉にしたから？
嘘だ。そんなの……あんまりだ。
気持ちを伝えあうことがトリガーになって、記憶を失っていくなんて。
そんなこと、あってたまるか。絶対に……、抗ってやる。
琴音にバレないように、俺は必死に動揺を隠す。

「琴音……」

名前を読んで、目の前にいる彼女の存在を確かめるように、キスをした。

忘れたくない。忘れたくない。……絶対に。

しかし、唇が触れた瞬間、なにかが完全に白く弾け飛んだのを感じた。

そしてゆっくり、自分の中のなにかが……、少しずつ失われていく。

嫌だ、やめてくれ……。待ってくれ！

頭を手で押さえると、額ににじんでいる大量の汗で滑った。

黒いなにかが横を通り過ぎたような気がしたけれど、自分自身と戦うことに必死で、周りの情報が入ってこない。

「せ、瀬名先輩、逃げなきゃ……！」

突然声が聞こえて、気づいたら、なぜか目の前に炎が広がっていた。

これは今……現実か？

真っ赤な火だ。あの時見たのと同じような……。

熱風を肌で感じて、これが現実だと理解した瞬間、心臓が尋常ではない速さでバクバクと音を立てていく。

――飲み込まれる。咄嗟《とっさ》にそう思った。

これ以上この景色を見たらダメだ。それなのに、目が離せない。

最後の力を振り絞って必死につなぎとめていた記憶が、赤い炎によって急激に掻き消されていく。

「瀬名先輩……、目を覚まして‼」

誰かが俺の名前を読んで、必死に肩を揺らしてくる。

ハッと正気を取り戻した時には、すでに遅かった。

「危ない！」

俺は咄嗟に叫び、うしろから崩れ落ちてくる本棚から、〝彼女〟を庇った。

……体が熱い。息ができない。

ここはいったい、どこなんだ。

さっきまで、図書室にいたはずだった。

そうだ、本棚が背後に倒れてきて……。

すぐさま本棚を押し上げて一緒にいた生徒を救出したが、彼女は強く頭を打ってしまい、そのまま気を失った。

警報機が鳴り響き、煙と炎が容赦なく迫って、判断力を鈍くさせていく。

メラメラと勢いを増していく炎。

どうしてこんな状況になっているのか全く理解できなかった。

でも、そんなことを考えている暇はない。

震える足を自分の手で強く殴って、俺は彼女を抱きかかえた。

すでに扉のほうは火が回っていたが、俺は最後の力を振り絞って、窓枠に足をかけ、なんとかバルコニーから非常階段に飛び移り、逃げたんだ……。


それから、どうしたんだっけ……。

ぼんやりとした記憶の中、なぜか目の前に移る景色は、学校ではなかった。

なんだか懐かしく、見覚えのあるリビングルームに、俺はいた。

リビングから見えるキッチンでは、エプロン姿の女性がうつむいて棒立ちしている。

あれは……亡くなったはずの母だ。ということはこれは、死ぬ前の幻想か、夢だ。

現実ではないと理解しながらも、これ以上脳が働かない。

当時の十歳の体で、ダイニングチェアに座りながらぼうっとしていると、きれいに盛り付けられた料理が、自分の前に並べられた。

少し離れたところにあるソファーにふんぞり返りテレビを観ていた父が、料理の匂いに気づいてこっちにやって来る。

「いただきます」もなにも言わずに、父がばくばくと食べはじめた。

俺はひと口も食べずに、黙ってその光景を見つめている。

何度目を凝らしても、父と母の顔はピントがずれたようにぼやけていて、表情の変化しか読み取れない。

『類、お腹空いてないの?』

母に声をかけられたが、俺は異様な空気を感じ取って、押し黙った。

そうこうしているうちに、父は料理をたいらげていく。

母が落ち着いて席についたころには、父は自分の分をほとんど完食していた。

そして、箸を置くとソファーに戻って寝転がる。

『寝るから起こすなよ』

ようやく父が口を開いたかと思えば、そんな注意だった。

母はその言葉に『分かってますよ』と返すと、スプーンを口に運ぶ。

『……類、ビーフシチューだけでも食べなさい』

母の言葉が、さっきより一段階鋭くなった。

俺はなにかが恐ろしくて、首を横に大きく振り、沈黙を貫く。

母は、ふぅとため息をついて、俺の口元にビーフシチューが入ったスプーンを押し付ける。

『あなたを孤独にしないためなの。分かって、類』

静まり返ったリビングに、父のいびきがこだましている。

短時間で深い眠りに入った父を見て、俺は子供ながらに不吉な予感を抱いていた。

これを食べたら、〝なにか〟が終わる。

そう思ったけれど、俺は無理やりビーフシチューを食べさせられた。

味はいつもとそう違わないのに、どうしても飲み込むことができない。

俺は食べたフリをして、母が見ていない隙に、ティッシュに吐き出した。

母は一心不乱にビーフシチューを頬張り、普段からは考えられないスピードでご飯を口に運んでいく。

顔はぼやけていてよく見えないのに、一粒の涙が頬を流れる瞬間だけは、はっきり見て取れた。

すべて食べ終えると、母は俺を父がいるソファに連れていく。そして、頭からタオルケットをかけられ、布越しに目をふさがれた。

『眠いでしょう。おやすみ、類……』

母は、おそらく睡眠薬入りの料理を、俺たちに食べさせたのだろう。

十歳の俺は、そんなことが予想できるくらいには、大人に近づいてしまっていた。

しかし俺はほとんど食べていないので、全く眠くならない。

この場をやり過ごすためにスースーと寝息を立てるフリをしながら、タオルケット越しに薄目を開けた。生地の間から、かすかに景色が透けて見える。

全身にびっしょりと冷や汗をかいていると、突然母の冷たい手が頭に触れた。

『皆で生まれ変わって、全部やり直そうね……』

そうだ、この時、母は、泣きながら笑っていた。

薄目でも分かるほど、完全に、壊れた笑顔だった。

『類。あなたはなにも悪くないのに、ごめんね……。お母さん、疲れちゃった。もう生きてることに意味を感じられなくなっちゃった。でも、あなたのことをパパに……アイツに、任せるわけにはいかない。あなたまで鬱寸前にした、アイツになんか……』

後半になるほど、声に怒気が混ざっていくのを感じて、ゾッとした。

青白く痩せこけた頬、色の抜けきった髪の毛、折れてしまいそうな細い腕……。

母が限界に達していたのは、誰が見てもわかるほどだった。

ここまで母を追い詰めてしまったのは、間違いなく父だ。

父は母には無関心で、俺のことは支配しようしてくる人間だ。そして、俺が思い通りにならなければ母を執拗《しつよう》に責める……。俺たち家族の関係は完全に異常だった。

俺の成績が下がったときは、朝まで母が父に怒鳴られていることもあった。

そんなことを何年も繰り返され、俺の精神も限界に達していることを悟った母は、いっそすべて終わらせようと考えたのかもしれない。

悩みぬいた結果、家族を助ける方法が、これしかなかったのだろう。

『類、ひとつだけ来世に役立つこと教えてあげる』

そうだ。思い出した……。

俺が記憶を保てなくなった理由。

それは、母が死に際にかけた、呪いの言葉がきっかけだった。

『大切なものなんてね、最初からつくらなければいいのよ。そうしたら、なにも自分からなくならない。幸福にも不幸にもならなくて済むんだから……』

そうか。大切なものなんて……最初から……。そうなのか……。

自分の中で、その言葉の意味を噛み砕く。

その言葉は、今の残酷すぎる状況を冷静に受け止めるための、薬のようにじわじわと浸透していった。

幸せを知らなければ、不幸にも感じなかったと、母は言いたかったのだろう。

そう後悔しているのなら、仕方ない。

この状況は、起こるべくして起こったんだ。なら、仕方ない。

言い聞かせるように勝手に納得する。そうじゃないと、今にも心が壊れてしまいそうだったから。

ひととおり言い終えた母は、キッチンに向かうと、ガスコンロをなにやらいじっている。

途端に嫌な臭いが鼻をツンと突き刺し、俺はこれから起こることを完全に把握した。

なにも言えない。なにも動けない。

本当に、もうここで、終わってしまったほうがいいのだろうか。

死んで生まれ変わったほうがいいほどの、人生だったんだろうか。

諦めと恐怖が、半々で自分に迫ってくる。

父のいびきが、鼓動をよりいっそう高まらせていく。

ドクン、ドクン、という心音が、まるで太鼓の音を耳元で響かせているように大きく感じた。

虚ろな顔の母は、眠たそうにしながらストーブに手をかける。

もうダメだ。終わる。死ぬしかない。いやまだ間に合う。逃げられる。どっちだ。

……どっちだ。

どうしたい、俺は。

決断を出すよりも前に俺は飛び起きて、ソファのすぐ真横にある大きな窓から逃げ出した。

思考よりも先に、体が生きようとしていた。

逃げると同時に、母の方を振り向いたが、すでに焦点の定まっていない母とは目が合わなかった。

俺は止まらずに、走って走って、走り抜けた。

それからほどなくして、爆発音とともに炎が家を覆い尽くす光景が見えた。

隣が空地でよかったと、どこか冷静な自分に驚く。

自然の中で燃え盛る火を、空に立ち昇っていく真っ黒な煙を、俺はただただひとりで見つめている。

〝大切なものなんて……つくらなければいい……大切な……ものなんて……〟

母の言葉が、暗示のように何度も頭の中を駆け巡る。

本当だ。そんなもの最初からなければ、もうこれ以上傷つかなくて済む。

受け止めきれない現実を目の前にして、壊れていく自分を保つ方法は、逃避すること以外思い浮かばなかった。

『全部……なかったことになればいい……』

消えろ！　消えていけ！

いい思い出も、ツラい記憶も、今すぐ消えていけ！

すべてが、真っ白になればいい。

最初からひとりきりの世界にいれば、もうこれ以上傷つかなくて済む。

だったらもう、二度と大切なものなんかつくらない……。

消防車のサイレンを聞こえる中、俺は知らぬ間に涙を流しながら、自分に暗示をかけていた。

そうだ……あれが、人生で一番ツラくて、一番忘れたい一日だった。

どうして忘れていた過去を、今さら夢に見ているんだろう。

俺は今、十八歳で、卒業したばかりで……。

あれ、そういえば、卒業式に俺は参加したんだっけ。

さっきまで、誰かと一緒にいた気がするけれど、炎の映像だけが瞼に焼き付いていて、そいつの顔が見えない。

「男子生徒、意識あります！」

男性の必死な声が聞こえ、俺は気づいたら担架に乗せられていた。

意識を失っている間に、最悪の過去を思い出していたのか。

「瀬名類さん、聞こえてたら返事くださーい！　瀬名さーん！」

声が出ない。なぜか涙が止まらない。

〝なにか〟を失った事実がツラくて、受け止めきれない。

その記憶は、光のような記憶だったんだ。

それ以外、なにを奪われたってかまわないと、思えるほどの……。

ついさっきまで、暖かい光に包まれているような気持ちだったはずなのに。

そんな優しい感覚が残ったまま、俺は深い深い眠りについた。

ごめん、ずっと一緒にいたかった。

最後に抱いた感情は、誰に向けて思ったことなのか、分からないまま……。

side桜木琴音

体の上に重たい鉄がのっているかのように、体が重い。動かない。

目を開けると、そこは真っ白な部屋の中だった。

窓の外からは桜が見えて、さっきまで図書室で見ていた景色と似ている。

ぼんやりとした思考のまま、ふと自分の腕を見ると、点滴の針が刺さっていて、ところどころ大きな絆創膏が貼られていた。

「琴音、起きたの……？」

「お母……さん……？」

「ま、待って、今先生呼ぶから……」

椅子に座っていた母は慌てた様子で立ち上がると、すぐさまナースコールを押して、そして泣き出しそうな顔をしている母を見て、私は自然とその手を握り締めた。

「大丈夫。どこも、痛くない……」

「お母さん、本当にどうなるかと……っ」

「大丈夫だよ、泣かないで」

そう言うと、母はますます涙を流して、私の手を力強く握り返した。

「この前お母さん、琴音に当たったまま、なにもできずにいたから……。このまま二度と会えなかったら、どうしようかと思ってた……」

「お母さん……」

「ごめん。琴音……」

いつも強い母でも、こんなふうに泣くことがあったんだ。

私が事故に遭っても、ここまで取り乱すような人ではないと思っていた。

「琴音が意識を失っている間、お母さんずっと、あの時のことを後悔してた」

「あの時……？」

「琴音のこと嫌いになりそうって、言ったときのこと……」

そこまで話すと、母はついに嗚咽をあげて背中を丸め、顔を両手で覆った。

お母さんは、後悔していたの……?

もうそんなことを言ったことすら覚えていないと思っていた。

私ばかり傷ついて……呪いをかけられたのだと、思い詰めていた。

「ごめんなさい……っ、私、子供に向かってなんてことを……脅したと思われたって仕方ない……」

「そこまで……思ってないよ」

「あなたに幸せになってほしいと思っているのは本当なのよ。もう、信じてもらえないかもしれないけど……」

母の思う幸せは、きっと、ものすごく現実的なことで。

いい大学を出て、いい会社に就職すれば私が幸せになれると、本当にそう思っていたのだろう。

それが、親としての責任だと思い込んで、すべて〝私のために〟尽くしてくれていたのだろう。

私もそれをどこかで分かってはいたけれど、いつのまにか窮屈で苦しいと感じるようになっていた。

「いつも期待に応えられなくて、ごめんね」

そう謝ると、母は涙でびしょびしょの顔を上げて、私のことを力強く抱きしめた。

「あなたが、産まれたときのことを……忘れたことはない」

「え……？」

「これ以上の幸せはないって、あのとき本当に思ったの」

震えた声でその言葉を聞いた途端、自然と涙がじわりと溢れだしてしまった。

今、母は、本音で私と向き合ってくれている。

嘘偽りのない言葉が、まっすぐ胸に届く。

「勉強や仕事ばかりで、何者でもなかった私を、あなたが母親にしてくれた……」

「お母さ……」

「産まれてきてくれた、それだけで十分だったの。それなのに……ごめんね……、大人になっていくあなたを、信じてあげられなかった……。産まれてきてくれただけで、十分だったの……」

十分だったと、何度も震えた声で繰り返す母に、涙が止まらない。

もし私が死んでいたら、母のことをなにも知らないままだった。

一生分かりあえないものなのだと、諦めながら人生を終えていただろう。

でも今、母の葛藤を聞いて、もっと分かりあいたいと思っている。

母も完璧な人間ではないのだと、知ることができたから。

やせ細った母の背中をさする。私が、母をここまで追い詰めてしまったのかもしれないと思うと、罪悪感で胸がいっぱいになった。

向き合わなければならない。私は今ここで、母と。

「お母さん、私もっと、お母さんと話す時間が欲しい」

体を離し、私はしっかり母と目を合わせて、そう伝えた。

私が本当に母に求めていることを、ちゃんと伝えなければと思った。

「毎日、五分でもいいの。なんでもない話を、もっとしたいよ」

「琴音……」

「私たち、親子だけど、違う人間だからさ……」

私と母の性格が正反対であることは変わりないから、もしかしたら、この先も何度もぶつかり合うかもしれない。

だけど、そのたびにきっと私は、今、母に言ってもらえた言葉を思い出すだろう。

私のことを、産まれてきてくれただけで十分と言ってくれる……母は、そんな人なのだと。

親子だから完全に分かりあえなくてはならないなんて、そんなことはない。少し距離を置いたっていい。考えがぶつかったっていい。

母からの愛を知った今だからこそ、本当にそう思える。

「琴音、ありがとうね……」

母の涙を見て、こんなにもうれしい気持ちになるなんて、思わなかった。

まだ泣いている母の手を握っていると、看護師さんがやって来た。

「桜木琴音さん、どこか痛いところはないですか」

「あ、ないです……。大丈夫です。体は重いですけど」

「そうですか、本当によかったです。体のだるさは、少しずつ体を動かして改善していきましょうね。今先生も呼んできますから、少々お待ちくださいね」

「あ！　あの、一緒に運ばれた男子生徒は……！」

そこで私は、ようやく大事なことを思いだした。

色んな事が立て続けに起こりすぎて、聞き出すタイミングを逃してしまった。

「ああ、彼なら軽傷だったので、すぐに退院しましたよ。ちょうど昨日」

「え……」

瀬名先輩、無事だったんだ。よかった……。

私は心の底からほっとして、胸を撫で下ろす。

でも、炎を目の前にした時の先輩の表情を思い出すと、不安を完全に拭い去ることはできない。

あの時先輩は、今にも崩れ落ちそうな顔をしていた。

涙を落ち着かせた母が、「お友達だったの？」と訊いてきたので、私は少し返事に困った。

「……大切な人」

「そうなの……」

静かに答えると、母は少し驚いた顔をしていたが、それ以上は突っ込んでこなかった。

退院したら、早く瀬名先輩に会いたい。

母とのことも……、話したい。

先輩に次に会うときのことを考えながら、窓から空を見つめた。

無事に退院した私は、警察から事情聴取を受けた。

犯人の顔はほとんど覚えていなかったけれど、背格好や、体格、分かることをできる限り伝えた。

その特徴が、最近ニュースを騒がせていた連続放火魔と一致していることが分かったけれど、悲しいことにその後も民家などで放火事件が数件起きた。

幸い、私の学校で起こった放火事件は、卒業式の真っ最中で人けのない図書室から発火したこと、すぐに防火シャッターが下りたこと、消防署が近くにあったことなど、さまざまな要因が重なって、けが人は私たち二人のほかにいなかった。

三年生にとっては忘れられない卒業式になってしまったけれど、人の命にかかわることが起きなくてよかった。

校舎が一部燃えてしまったせいで、生徒は六月になるまで自宅待機となり、リモートで授業を受けることになった。

そして今日、ようやく通常どおり登校できることになり、私は久々に制服に袖を通している。

使っていなかった旧校舎で授業が行われることになったのだ。

「じゃあ……行ってきます。お母さん」

ちゃんと母の顔を見てあいさつをすると、母は不安そうな表情で、私の肩に手を置いた。

「気をつけてね。もし、いろんなことを思い出して……きつくなったら、帰ってきなさい」

「うん、ありがとう」

あれから母はリモートワークの日を増やして、出社日ではない日は必ず一緒に夕飯を食べてくれるようになった。

まだぎこちないときもあるけれど……、母なりに寄り添ってくれていることは、十分伝わっている。

私は、安心させるように笑顔を返して、重い扉を開けた。

桜は散り、あたりは新緑に溢れている。太陽がまぶしくて、もう夏が近づいていることをあらためて思い知らされた私は、静かに目を瞑る。

そして、退院してからずっと抱えていた不安な気持ちを、なんとか鎮めようとした。

――あの事件以降、瀬名先輩から一度も連絡が来ない。

瀬名先輩はすでに大学へ入学し、東京でひとり暮らしを始めているはず。

こっちからメッセージを何度か送ってみたが、既読にすらならなかった。

考えられることは二つ。

私との関係を断ったのか。

それとも、事故のショックでそのまま思い出せなくなったのか。

電話をかけても出ず、着信を残してもかかってくることはなくて、留守電にすらならない。

だんだん虚しくなってきて、確認することを止めた。

なんとかポジティブに考えようと、瀬名先輩はただ東京での新生活に忙しいだけだと、無理やり自分に言い聞かせたりもした。

でも先輩は、色んな記録を残してなんとか記憶を繋ぎとめていると言っていた。

もしかしたら、あの火事でスマホも焼かれてしまっていたのだとしたら……、私を思い出す手がかりもないということだ。

ダメだ。考え始めると、どんどんネガティブになってしまう。

私は「よし」と気合を入れてから、学校へと足を運んだ。

今はただ先輩を信じて、前に進まなければならない。


最近、うれしいことがひとつだけあった。

二年生になって、なんと村主さんと同じクラスになることができたのだ。

教室に入り、いつ話しかけようかと迷っていると、村主さんがすぐに私に気づいてくれた。

「ちょっと、琴音、生きてんじゃん！」

「そ、そうなの、生きてる……あと久しぶり」

「なにもう、めちゃめちゃ心配した」

今までメッセージでやりとりはしていたけれど、会うのは久々だ。

ぎこちない笑みを浮かべる私の背中を、村主さんがバシッと叩いた。

相変わらず元気はつらつな彼女を見て、私も気持ちが明るくなってくる。

村主さんと私の異色なコンビに周りの生徒たちはザワザワしていたが、村主さんはそんなことを全く気にしていない。まだ空いている私の隣の席に座ると、「瀬名先輩とは連絡取れた？」と心配そうにたずねてきた。

その質問に、私は苦笑を浮かべる。

「いや、じつはまだ連絡返ってこなくて……」

「私も連絡繋がらなくて、岡部先輩と菅原先輩に聞いたら、スマホが焼けたせいでアプリ系が繋がらなくなったんじゃないかって言ってたよ」

「その可能性は大きいよね……」

「分かってると思うけど、もう待ってるだけじゃ、連絡取れないってことだよ。完全に忘れられてるかもしれないんだから……」

バッサリと言い切る村主さんの言葉に、私はぐさっと心臓を槍《やり》で突かれたような気持になった。

自分でも分かっていたことだけれど、あらためて言われるとツラい。

なにも言えないまま落ち込んでいる私を見ても、村主さんはあっけらかんとしている。

「会いにいけば？　ちょっと忘れてるだけだよ。顔見れば思い出すって」

「え……」

「なにその顔。まさかこのまま諦めようとしてたわけ？」

「いや、そうじゃないけど……、そっか」

毎日不安になるばかりで、どうしたらいいのか分からないでいたから。

まさかそんなことを提案されるなんて、思ってもみなかった。

「そっか……、会いにいってみればいいのかな……」

「交通費なかったら貸すし」

「だ、大丈夫！　友達いなくてお小遣いたまってるから……」

「なにそれ、自虐ギャグ？」

でも、新幹線を使ってまで遠出をしたことがないし、東京なんてひとりで行けるだろうか。

不安に思っていると、村主さんがなにかを察したのか「一緒に行こうか」と言ってくれた。

「え！　本当に……いいの？」

目を輝かせると、村主さんはさっとスマホでスケジュールを確認する。

「今週土曜行こう。私もちょうど渋谷で服買いたかったし」

「村主さん……、ありがとう」

ぺこっと頭を下げると、村主さんは「真面目か」と笑ってから、席を立った。

村主さんがいてくれてよかった。

会いにいこう。どんな結果が待っていたとしても、なにもせずに動かないままではいられない。

だって、先輩はあの日言ったんだ。

『〝忘れた〟ことは〝大切だから〟だって、分かってくれるか』と……。

先輩だけじゃどうしようもないことなら、私が動かないとダメだ。

ショックを受けてくよくよしていただけの自分が、恥ずかしくなってくる。

会いにいくよ、瀬名先輩。

だからどうか、私のことを思い出して。

新幹線で東京駅まで向かうと、私たちは山手線に乗り換えて瀬名先輩がいる大学を目指した。

東京駅の女子トイレで、村主さんがメイクをして髪の毛を巻いてくれたので、なんとか幽霊には見えない格好にはなっていると思う。

服装も、前日に村主さんに借りたベージュのワンピースをそのまま着た。

「琴音、やっぱあんた素材いいわ。その猫背やめな」

「う、痛っ」

電車の中でバシッと背中を叩かれ、私は小さくうめき声を漏らした。

村主さんはしょっちゅう東京まで遊びに来ているらしく、慣れた様子だ。

一方、私は東京なんてもちろん初めてで、それどころか友人と遊び目的で電車に乗ったことすら初体験だ。

瀬名先輩がいる大学の最寄り駅に着いてしまったことに、心臓が飛び出しそうなほど、どぎまぎしていた。

村主さんはそんな私を呆れた様子で見ている。

「ちょっと……そんなんで大丈夫？」

「大学って、そんなに簡単に入れるほどオープンなのかな」

「大丈夫。新幹線の中で調べたけど、今日オープンキャンパスの日だから。ていうかその前に、あんなに大きい大学で、瀬名先輩と出会えること自体奇跡かもしんない」

「そ、そっか……！　そう思うと、少し気持ちが楽になってきた」

「いや、会えなきゃ意味ないでしょ。菅原先輩から学部聞いておいたから、ぬかりなし」

自信満々にそう言うと、村主さんは大学を目指して私の腕をぐいぐい引っ張り、歩いていく。

今、私の頭の中では、不安だけが渦まいている。

勢いで来てしまったけれど、もし瀬名先輩が思い出してくれなかったら……。

私は瀬名先輩とまた、一から関係を築けるだろうか。

目を閉じると、勿忘草を摘んだ光景がよみがえり、今の瀬名先輩にあの記憶は欠片もないかもしれないと思うと、胸が痛んだ。

大学は想像以上に大きくて、どこが入り口なのかも分からないほどだった。

瀬名先輩は、こんなにきらびやかな場所で学んでいるんだ……。

自分の知らない世界を目の当たりにして、茫然としてしまう。

「すみませーん、オープンキャンパスの説明聞きに来たんですけど、法学部って普段どこで授業受けてますか？」

棒立ちしている私をよそに、村主さんはさっそくオープンキャンパスの案内係の学生に情報を聞き出していた。

「いる可能性高いところ聞き出したから行こう。会えるかもしれない」

「村主さん、ありがとう……私が仕切らなきゃなのに……。」

彼女がいなかったら、こんなふうに情報を掴むことなどできなかっただろう。

心からお礼を言うと、「いちいち礼いらん」と怒られてしまった。

私たちは受付でもらったマップを必死に読み、先輩のいそうな場所を回ることにした。

しかし、歩けど歩けど人ばかりで……。

まったく会えそうな気配がない。

ましてや、大学生は毎日講義があるわけじゃないから、偶然会える可能性なんてすごく低い。

村主さんをこれ以上付き合わせることが申し訳なくなってきた私は、ある提案をした。

「村主さん、たくさん歩いて疲れただろうし、いったん外のカフェで休まない？」

「たしかに。一回気分転換しよっか」

「待って、お店今検索してみる」

「東京なんだから調べなくたって、テキトーに歩いてたら見つかるよ」

村主さんはそう笑い飛ばして、疲れた様子を顔に浮かべることもなく、歩き始める。

こんなに親身になってくれる友達ができるなんて、少し前までは思ってもみなかったな。

私は村主さんの気持ちにも応えられるようにしっかりせねばと、両頬をパシンと手で叩き、一度大学から出ることにした。

村主さんが言ったとおり、すぐに何軒もカフェが見つかったので、一番大学に近いお店に入った。

窓際のボックス席に案内され、ハイバックのソファに腰かけると、ずいぶん体が疲れていたことを実感する。

村主さんはアイスコーヒーを、私はアイスティーを注文し、お互いに目を合わせて、ふぅ、と深いため息をついてから、少し笑った。

「瀬名先輩、なんかちゃんと講義受けてるのかも怪しくなってきたよね」

村主さんの言葉に、私も思わず頷いてしまう。

「まあ、今日見つからなかったら、琴音も一緒に服とか見て帰ろうよ」

「え……、いいの？」

「いいのって、どういうこと」

「いや、私、友達と洋服見るのなんてはじめてで……うれしい」

素直にこぼすと、村主さんは「似合うの選んであげる」と笑ってくれた。

それにしても瀬名先輩と会える確率は、思っていたよりも低いことに気づいてしまった。

まだ、諦めたくない。

でも、もし、瀬名先輩の〝今〟がすごく幸せそうだったら……、私はどうしよう。

「瀬名先輩さ、ちゃんと大学に馴染めてるのかな」

村主さんがストローでアイスコーヒーの中の氷をくるくると回しながら、そうつぶやく。

私もキラキラした東京で勉強している瀬名先輩をイメージしてみたけれど、今の高校よりもずっと馴染んでいる光景が浮かんだ。

村主さんも同じだったのか、「女遊びしてたらどうする？」と、真顔で言ってきたので、私は目を瞑って頭を抱える。

全然違う瀬名先輩になっている可能性も……あるのかな。

いや、でも忘れてしまうのは大切な記憶だけで、性格にはそんなに影響がないはずでは……。

「眉間にしわ寄りすぎ。冗談だって」

考え込んでいると、村主さんにツンと眉間を人差し指で突かれた。

「そんな怖い顔してたら、せっかく私がやってあげたメイクがもったいない」

「器用だよね、村主さん……。美容師さんみたい」

「あーあ。私が本気出してかわいくした琴音のこと見れないなんて、先輩、もったいな」

村主さんが、本気で恨めしそうにつぶやいたので、少し気持ちが和んだ。

瀬名先輩と出会わなければ、村主さんとこうして東京で遊ぶことなんて、絶対になかったはずだ。

彼女にこんなに協力してもらっておいて悪いけれど、正直、瀬名先輩に会えなくてホッとしている自分もいる。

「瀬名先輩と会いたいけど……でも、少し怖いな。忘れられてたら……」

ぼそっと本音を漏らすと、村主さんがきょとんとした目をこちらに向ける。

「瀬名先輩が琴音を忘れていても、はじめましてから頑張ればいいじゃん？」

「え……」

「もし今日再会してかわいい状態から会えたら、むしろラッキーじゃない？　座敷童子みたいな第一印象捨て去れるんだし」

「たしかに……ふふっ」

そうか、はじめましてから……か。

村主さんらしい慰めの言葉に、私は思わず吹き出してしまった。

そんな私を見て、村主さんも少し安心したように目を細める。

場の空気が和んだところで、村主さんは壁にかかっていた期間限定のメニューをちらっと見て、右手を上げた。

「あー、今日ほんと暑い。私バニラアイスも頼むけど、琴音は？」

「えっ、美味しそう……私もそうしようかな」

「美味しい物食べよ。東京来たんだし。あ、あの店員さんイケメンな雰囲気……。すみませーん！」

村主さんは、声を上げてその店員を呼び止めた。

うしろ姿しか見えないけれど、たしかに背が高く、スタイルがよくて目立っている。

「はい、お待ちください」

その男性が返事をしてこちらを振り返った瞬間、私と村主さんは目を丸くして、固まった。

嘘だ。まさかこんな奇跡が起こるなんて……、ありえるのだろうか。

そこに現れたのは、白シャツに黒い腰エプロン姿の、瀬名先輩だった。

「ご注文はお決まりでしょうか」

……アッシュ系の黒髪も、少し低い声も、すらっとしたうしろ姿も、なにも変わっていない。

瀬名先輩だ。大学生の瀬名先輩が、今、目の前にいる。

驚き固まっている私の手を、村主さんが黙って握りしめた。

「瀬名先輩！」

村主さんが弾かれたように名前を呼ぶ。

私はなにも言葉を発せないまま、状況を見守るしかなかった。

瀬名先輩は村主さんの顔を一瞬見つめて「村主じゃん」と、返す。

「瀬名先輩が行ってる大学気になって、オープンキャンパス来ちゃった！　本当に会えたからびっくりした」

村主さんは慌てたように口を開き、演技がかった口調で瀬名先輩を必死に呼び止める。

「いいけど……お前、ここ来たいならちゃんと勉強しろよ」

「うるさいなー、分かってるよ」

不機嫌そうな声を出しながら、村主さんはちらっと私のことを見る。

私は、ドクンドクンと高鳴る心臓を手で押さえ付けながら、瀬名先輩の顔をおそるおそる見上げる。

その瞬間、村主さんが静かに私を指さした。

「琴音と、一緒に来たの」

こんな奇跡が起こったんだ。

もしかしたら、瀬名先輩は覚えてくれているかもしれない……。

もし忘れていても、顔を見たら思い出してくれる可能性だってある。

「村主にも、まともそうな友達いたんだな」

しかし、そんな願いは、瀬名先輩の一言で簡単に打ち砕かれてしまった。

「え……」

小さく声を上げたのは村主さんで、私は胸の中でなにかがガラガラと崩れ落ちていく音を冷静に聞いていた。

予想していたことなのに、どうしてこんなに傷ついているんだろう。

瀬名先輩の過去に……私はもう存在しないんだという事実が、とてつもなく悲しい。

そして、結局、なにも覚悟ができていなかった自分が、すごく情けない。

「そ、それどういうこと！　私の周り、ちゃんとした友達ばっかだけど」

村主さんが、動揺していることを必死に隠して、会話を繋げる。

瀬名先輩は、そんなことにいっさい気づかないまま、「で注文は？」と、問いかけた。

「バニラ、アイス二つ……」

「了解」

注文を聞いて、すぐに席を離れようとした瀬名先輩。

私は、茫然としたままなにもできず、ただ先輩の綺麗な横顔を眺めているだけ。

しかし、村主さんはとっさに「待って！」と声を上げて、紙ナプキンにペンを走らせた。

それは、村主さんの電話番号だった。

「瀬名先輩、スマホ壊しちゃったんだよね？　ずっと連絡しても既読にならなかったから」

「あー、そう。放火事件のときに燃えた」

「電話番号、これ登録しといて！　絶対ね」

「……お前に電話する用事、一生なさそうだけどな」

瀬名先輩は、最初から最後までクールな対応のまま、紙ナプキンをポケットにしまって今度こそ立ち去ってしまった。

そのうしろ姿を見ながら、私は瀬名先輩に言われたことを再び思い出していた。

『〝忘れた〟ことは、〝大切だから〟だって、分かってくれるか』

瀬名先輩ひとりでどうにかできる問題じゃないし、瀬名先輩はひとつも悪くない。

ただ信じて、信じて……。でも、その先は、どうすればいいのだろうか。

私と瀬名先輩の関係に、ゴールはあるのだろうか。

ついこの間まで隣にいた先輩が、すごく遠くに感じる。

「琴音……、全然、大丈夫じゃないよね」

「村主さん、私……」

「うん……、どうしようか。どうしようね……」

村主さんの瞳が、わずかに涙で潤《うる》んでいるのを見て、もらい泣きをしてしまった。

心臓がはち切れそうなほど、悲しい。

どうしたらいいのか、分からない。
私たちはその日、途方に暮れたまま、服も見ずに新幹線に乗って地元へ帰った。

最終章

歩んでいく道

side瀬名類

来年の就活に備えて、毎日ニュースを観るようになったが、朝が弱すぎてまったく頭の中に入ってこない。

俺はコーヒーを飲みながら、ぼんやりテレビの画面を眺めていた。

大学進学とともに上京してから、一年が過ぎた。

祖父に学費の借金をしながら、今はバイトと勉強に明け暮れる日々だ。

高校の卒業式の日、不運な放火事件に巻き込まれたけれど、推薦が決まっていた大学に無事進学した。

俺はすんでのところで火を逃れ、奇跡的にも軽症で済んだらしい。

ただ、事件当時のことは、もともとの記憶障害のせいもあり、幸か不幸かはっきりと覚えていない。

唯一覚えていることは、祖父が珍しく慌てた様子で病院に駆けつけて、『お前まで死んだかと……』と言って泣き崩れたことだけだ。

いつも厳しい祖父の涙をはじめて見た俺は、二度も火事で家族を失くす恐怖心を与えてしまったことを、申し訳なく感じた。

「やべ、二限始まる」

昔のことを思い出している暇はない。

俺はクローゼットから適当に取り出したシャツを着て、たいして荷物の入っていないリュックを背負い、アパートを飛び出した。

「うわ、風強」

外に出ると、ぶわっと大きな春風が吹いて桜吹雪が舞い、一瞬視界を遮られた。

アパートの近くには大きな桜の木があって、毎年この季節になると、花吹雪に襲われる。

普通なら見惚れるところなのかもしれないけれど、どうしてか見るたびに胸が軋むような感覚に陥るので、桜は苦手だ。

でも、桜よりも苦手な花がある。それは道端に咲いている青い花……勿忘草だ。

あまり手入れが行き届いていないアパートの周りは植物が群生していて、至る所に勿忘草が生えている。

学校で起きた放火事件が、なにか関係しているのだろうか。

小さな花々を見るたびに頭のどこかがギシギシと痛み始めて、考えることを止められてしまうのだ。

勿忘草を見て少し立ち止まっていると、スマホが震えた。

それは、ずいぶん連絡を取っていなかった相手……岡部からのメッセージだった。

【菅原から新しい連絡先聞いたー。元気？】

高校生のときに、菅原と岡部に誘われて放課後遊びに行くことはたまにあった。

二人とも都内の大学へ進学していたが、卒業してからほとんど連絡は取り合っていなかった。

先日、菅原と偶然にも、ある会社で開かれた長期インターン——職業体験の説明会で再会し、連絡先を交換したばかりだ。

俺はなつかしい人物からの連絡に、【元気】と一言だけ返して、駅へと急いだ。


講義を終えて昼休みに入ったところで、ようやく岡部からのメッセージを確認した。

【ずっと、類に確認したいことがあったんだけど、今度会おうよ】

意味深なメッセージに、研究室の前で思わず立ち止まる。

岡部と菅原と遊んだ日々は、あまりいい印象はない。でも、楽だったのは覚えている。

高校生特有の尖り方をしていただけなのだろうけど、岡部はとくにあのころ、いろんなことに攻撃的だった。

菅原からは、今はすっかり落ち着いてるよ、と聞いていたけれど、それは本当だろうか。

スマホを眺めていると、同じゼミの男子生徒、志賀《しが》が話しかけてきた。黒縁眼鏡にくるっとしたパーマが特徴的だ。

「瀬名君、また女の子に誘われてるの？」

「そんなヒマねぇよ」

「またまたあ、後輩ちゃんたちがいつも騒いでるよ」

俺の腕を肘でつついて、志賀はニヤニヤと笑みを浮かべている。

それから、俺の髪型を指さすと、「さすがイケメンは髪にゴミつけててもイケメンだな」と茶化してきた。

廊下の窓の反射で確認すると、たしかに桜の花びらが一枚、髪の毛についていた。

それを払いながら、志賀と一緒に研究室の中に入る。

荷物をドサッと置いていつもの丸椅子に座った志賀に、俺はスマホの画面を見せる。

「なあ、これどう返せばいいと思う？」

自分と違って友達の多い志賀なら、なにかいいアドバイスをくれるかもしれないと思ったのだ。

志賀はメッセージを読むと、茶色い眉を顰める。

「この子、どういう関係？」

「高校時代の友達」

「へぇ。瀬名君、ちゃんと友達いたんだね。高校時代のこと聞くとすごく怒るから、ずっと孤独な暗黒期なのかと思ってたよ」

別に、高校時代が嫌いだったわけじゃない。

ただ、放火事件のトラウマなのか、思い出そうとするとズキッと頭に痛みが走り、なにかに飲み込まれそうな感覚に陥るから、怖くて考えたくないだけだ。

「確認したいことって……、なんか意味深だなー。あ、また岡部ちゃんからメッセージ来てるよ」

志賀の言葉に、もう一度スマホを確認する。

【明日の十九時、このカフェで勉強してるから来れたら来て】

そんな一方的なメッセージとともに、店のマップが共有されていた。

「まあ、行くだけ行ってみれば？　なんか訳ありそうだし」

志賀の無責任な言葉で背中を押され、とりあえず行ってみるかという気になった。

「よ、類。久しぶり」

翌日。新宿駅から少し歩いたところにある地下のカフェで、黒髪ショートボブの岡部が座って待っていた。

記憶が金髪のイメージで止まっているので、俺は一瞬岡部だと分からなかった。

コートを脱いでハンガーにかけてから、岡部の前の席に座って、アイスコーヒーを注文する。

「久しぶりだな」

俺がそう言うと、岡部はじっとこっちを見つめてから、「相変わらず顔だけはいいね」と恨めしそうに言ってきた。それから、顎先で切りそろえられた髪の毛を耳にかけ、飲み物に口を付ける。

「来てくれると思わなかった」

しばし沈黙が流れてから、岡部は独り言のようにこぼした。

本当は来るつもりはなかったし、今ここにいるのは気まぐれだ。岡部も期待はしていなかったのだろう。

「放火事件に類が巻き込まれて、本当に驚いたけど、まずは無事でよかった。連絡も返ってこなくて、状況が分からなかったから」

「……ごめん、スマホ焼かれてデータ飛んだから」

「あ、大丈夫。たぶん、そうなんだろうなって思ってたから」

たしかに菅原の言うとおり、岡部の雰囲気が高校時代のときよりだいぶ丸くなっている。

昔はもっと周りの空気が張りつめていて、常に自分が一番でいたいというオーラがにじみ出ていたような印象だった。

「……私ね、類といたら、特別な人間になれる気がしてたの」

「なんだそれ」

突然、自嘲気味に笑みをこぼした岡部に、俺は眉を顰める。

〝確認したいこと〟がなんだったのか、すぐに聞き出したかったが、俺はそのまま岡部の話を聞くことにした。

「学校の皆が注目してる類と一緒にいたら、自分も強くなれる気がして……。根拠もない自信で周りを威嚇《いかく》して、近寄りがたい自分は強くて特別なんだって、ずっと勘違いしてた」

「……たしかに、無駄に荒れてたな」

「たぶん、クラスメイトで私のことを好きな子、ひとりもいなかったと思うんだよね。卒業後クラスの集まりにも私だけ誘われなかったし」

自虐的に笑いながら、岡部はくるくるとストローでコーヒーをかき回す。

岡部がこんな風に過去の自分を顧《かえり》みているだなんて、意外だ。

なにかそうさせるような出来事があったのだろうか。

「そんで、運悪く同じ大学、同じ学部に行ったクラスメイトがいてさ。その子に〝岡部は素行が悪かった〟って噂流されちゃって……、まあ全部事実なんだけど。これが因果応報かーって、思ったね」

「友達づくりに苦戦したってことか」

「学部内ではね。インカレのサークル内では普通にいい子ちゃん演じてます」

いつも同性に対して強気だった岡部が、まさか友人関係で躓いていたなんて。

俺はとくに慰めの言葉もかけずに、かわりにコーヒーを口に運ぶ。

「もうひとつ因果応報といえばの話で、話がすごく飛ぶんだけど、最近彼氏と大喧嘩してさ。向こうが社会人でなかなか連絡取れなくて、不安になったからなんだけど」

「本当に飛ぶな」

「ただただ話し合う時間が欲しくて、電話を何回かかけたわけ。そしたら、『普通にメンヘラ無理だから距離置こう』って言われたの」

岡部は怒りに満ちた声で「どう思う？」と問いかけてきたが、俺はなにも言わずに彼女の言葉の続きを待った。

「メンヘラ。その四文字で自分の気持ちを片づけられたことが、すっごくムカついて、なんか言い返そうとしたんだけど、急に気持ちが冷めていってさ。あ、これ、私がよく村主に笑いながら言ってたことじゃんって」

岡部はグラスを両手で握り締めながら、嘲笑するように大きなため息をついた。

「それで、思い出したんだよね。昔、そんな自分を怒ってくれた子がいた気がするなって……。今になって、あのときちゃんとその子の言葉を受け止めてたらなって、思ったの」

岡部が丸くなったのは、大学生になって、傷つくことを経験したおかげだったのか。

高校時代の友達は当時の記憶のまま止まっていたけれど、俺が想像する以上に、皆いろんなことを経験して、考えて、生き抜いていたようだ。

「そうか」と、短く相槌を返すと、岡部は今度は心配そうな目で俺のことを見つめてきた。

「この話聞いても……、やっぱり思い出さない？」

「……なに、なんのこと」

「桜木琴音」

サクラギ、コトネ……。

その名前を聞いた瞬間、ズキンと頭が激しく痛んで、俺はこめかみを指で押さえた。

岡部は「本当に忘れてるんだ」と切なそうにつぶやいて、そのまま黙ってしまった。

「なに、それ。俺の過去に関係してる人ってこと？」

頭痛に耐えながら、追及する。

「そうだよ。たぶん、すごく大切な子だったはずだよ」

「……思い出せねぇ」

高校時代の俺に、そんな人がいたのか……？

頭が割れるように痛い。

しばらく、過去のことは誰にも触れられずに過ごせていたのに。

よほど、大きく影響を受けた人なんだろうか……。

必死に名前から記憶を呼び起こそうと試みるが、顔もなにも浮かんでこない。

そんな俺に向かって、岡部はスマホの画面を見せつけた。

「今日、確認したいって思ってたのは、このことなの。……ねぇ、これって、類のアカウントだよね？」

ようやく本題に入った岡部は、探るような瞳をこちらに向けている。

画面の中には、勿忘草を摘んでいる女子高生のうしろ姿の写真があった。

「類……」

思い出せもしないのに、俺はその写真を見た瞬間、なぜか涙をこぼしていた。

side桜木琴音

瀬名先輩の大学に行ってから……約一年が過ぎた。

春休みが明けて、私は新三年生になり、家と市立図書館を往復する日々を送っている。

瀬名先輩に忘れられている事実を、受け止めなければならなかったこの一年間、私はひたすら勉強をして過ごしていた。

瀬名先輩のことを考えなくていいように、頭の中を文字でいっぱいにしたくて。

再び同じクラスになった村主さんから、たまに笑える動画のＵＲＬが送られてきたりして、私はそれをひそかな楽しみとして過ごしていた。

そして今日も、図書館に入り浸っている。周りは勉強している受験生だらけだ。

目標もないまま勉強している私は、どこに流されていくんだろう。

漠然とした不安が押し寄せる。

自分が興味のある勉強って、いったいなんだろう。どの教科もこれといって得意なものはない代わりに、これといって苦手なものもない。

どこまでもパッとしない自分の能力には辟易する。

私は参考書を閉じて、額を机にくっつけて目を瞑った。

そうすると、すぐに浮かんでくるのは瀬名先輩の姿で。

考えるだけでじわりと涙が浮かびそうになってしまう。

……今、自分にできることは、なんだろう。

毎日じめじめしているだけの日々を、乗り越えたいよ。

だって、悲劇のヒロインみたいに泣いていたら、まるで瀬名先輩が悪者みたいじゃないか。

今は方法が分からないけれど、前に進んでいれば、いつか、私と瀬名先輩の間になにかが起こるかもしれない。

そんな奇跡を、信じてもいいだろうか。

ねぇ、瀬名先輩。

またあのときみたいに、ぶっきらぼうだけど本当は優しい言葉で叱ってよ。

私、強くなって、もう一度瀬名先輩との関係を築きたい。

そうなるためには、今、目の前にあることに向き合うしかないんだ……。

再び参考書を開いた。

見えないゴール。どんなに走っても、その先に、瀬名先輩はいないかもしれない。

でも、歩みを止めたままじゃ、きっとどこにも行けない。

教室も本格的に受験モードになってきた。

ピリついた空気を肌に感じながら、三年で再び担任になった小山先生も、いつにもまして進路相談に真剣な様子だ。

私は、志望大学をいくつか絞って、放課後は、自分のレベル内でなんとか行けそうな大学の赤本を解く毎日を送っている。

今日もひととおり授業を終えて、まっすぐ図書館に向かおうとすると、小山先生に呼び止められた。

「桜木、ちょっと話そう。お前学部迷ってんだろ」

「あ、はい……」

「隣の教室空いてるから行こう」

小山先生は、本当にいい先生だと思う。

伝えてくれることは、本当に全部私の〝将来〟を思ってのことなのだと、進路に向き合った今しみじみと感じている。

静かに椅子に腰かけると、小山先生は私の顔を探るように見つめた。

「文系受験で考えてるんだよな？　どっちかというと現代文が得意なようだし、文学部にある程度絞って、対策したらどうだ」

「はい……、なんとなくそうは思ってます」

「今ひとつピンときてない？」

「はい……」

小山先生に鋭く問いかけられた私は、うつむいて自分の意見をまとめようと必死に脳みそを回転させた。

そもそも、自分の進路にピンときている学生がどれだけいるだろうか。

いちいちこんなところで躓いていたら、きっと前に進めない。

分かっているけど、行きたいところも見つからない。

気持ちに折り合いがつかないまま勉強をしていても、成績はなかなか上がらなかった。

「桜木には、大切な人がいるか」

そんな私を黙って見つめていた小山先生が、またひとつ質問をした。

「え……」

「今の子が言う、〝推し〟とかでもいい。想像できるなら、なんでも」

「……はい」

「勉強したら、大切な人の力になれることが増えるかもしれない。そんな未来を想像してみたら、答えが出るかもしれないぞ」

そう言って、小山先生は優しく笑う。

〝大切な人〟と言われたときに、真っ先に目に浮かんだのは、瀬名先輩だった。

勉強したら、大切な人の力になれることが増えるかもしれない……。

それは、本当に？

こんな私でもそんなことができる？

思わず自分の両手を広げて見つめ、じっと考えてみる。

心因性記憶障害を持った瀬名先輩は、大切な人との関係を築くことをずっと諦めていた。

そんな世界を、少しでも変えられるような手助けが、もし私にできたら……。

きっと、先輩にとっても私にとってもすごく大きな希望となる。

できるかどうか分からないけれど、勉強するなら、誰かを守る力に変えたい。

その考えは、今の自分にとってとても腑に落ちる〝勉強する意味〟となった。

目の前が開けた私は、「そっか……」と知らず知らずのうちにつぶやいていた。

「小山先生。ありがとうございます。少しだけ、分かってきました」

「ならよかった」

小山先生は笑って立ち上がり、「なにかあったらいつでも相談しろよ」と言って教室から去っていった。

胸の中に小さな光が差しこんだような気持ちになっている。

向かっていくべき場所ができた。それだけで、こんなにも力が湧いてくるなんて。

……瀬名先輩、私、とにかく進んでみたい。

もし、瀬名先輩と会えなくても、巡り巡って自分の学びが誰かの助けになれるように。

瀬名先輩のように、記憶障害で苦しんでいる人を支えられるように。

そのためには、いったいどんな学部を選べばいいのだろう。

放課後、私は図書館で心理系の本を開きながら、自分が目指すべき道を探し続けた。


進路に道筋ができかけた翌日。

いつもより少し寝不足で登校すると、受験モードでいつもしんとしている教室が、珍しく騒然としていることに気づいた。

不思議に思いながらも、そのザワつきをすり抜けて席に着く。

しかし、なにやら自分に突き刺さる視線を感じて、私は着席したまま固まった。

え……？　私、なにかやらかしてしまったかな。

いったい、なにが起こっているんだろうか……。

視線から逃れるようにどんどん背中を丸めてうつむいていると、うしろから肩を叩かれた。

「ちょっと、なに猫みたいに丸まってんのよ」

「村主さん……。なにやら自分に視線を感じて……」

「え？　そんなわけ……あるね」

周りのひそひそ声と、物珍しそうなものを見るような視線を、今登校したばかりの村主さんも感じ取ったらしい。

村主さんは「なにやったの、あんた」と小声で耳打ちをしてきたが、私はぶんぶんと首を横に振って、「なにもしてない」とアピールした。

よくよく周りを見ると、皆はスマホと私を照らし合わせて噂をしているようだ。

もしかして、私に似ている指名手配犯がいるとか……？

「なに見てんの？」

顔を青ざめさせていると、村主さんが近くにいる女子にたずねた。

ひょこっと首を傾けて、その子のスマホ画面を眺める村主さん。

「ん？　琴音のうしろ姿じゃん」

その言葉に、クラスメイトはさらにザワつきだす。

「ねぇ、これ琴音だよね？」

村主さんが見せたスマホの画面には、私が勿忘草を摘んでいるうしろ姿の写真があった。

ＳＮＳにアップされているようで、私は驚きのあまり言葉を失う。

だって、この写真を持っている人は、間違いなく瀬名先輩だけだから。

「これ、どういうこと……？」

村主さんが問い詰めると、女子生徒は少しためらいながらも口を開く。

「これ、昨日から、〝泣けるSNS〟だって発掘されて拡散されてて……。もう昔の記事で更新はないし、投稿者は顔出ししてないんだけど、もしかしたら瀬名先輩なんじゃないかって噂が流れてるんだ」

話を聞き終えた村主さんは、その子のスマホを強引に奪い取った。

そして、スクロールして画面を必死に読んでいる。

しばらくしてから、村主さんは震える手で、私にスマホを向けた。

「琴音。このアカウント……、検索してみて」

「え……」

戸惑いながら、私は自分のスマホを取り出し、言われるがままにそのアカウントを検索する。

拡散された記事もつられて検索に出てきて、【どこまで実話？　男子高校生の切ない純愛の記録が話題】という見出しがついている。

ドクンドクンと高鳴る胸を片手で押さえ付けながら、私はゆっくりそのSNSアカウントを開く。

……そこには、瀬名先輩と過ごした日々のすべてが、記録されていた。

「あ……」

——衝動的に、大粒の涙がこぼれ落ちた。

今まで押さえ込んでいた感情が、プツッと音を立てて崩壊してしまった。

私は泣いているところを誰にも見られたくなくて、とっさに教室を飛び出す。

「琴音……！」

村主さんが心配そうに呼んだけれど、追いかけてはこなかった。

私は走った。瀬名先輩と、はじめて会話をした、あの昇降口へ。

あの日はたしか雪が降っていて、空も地面も真っ白で、世界の輪郭がぼやけて見えていた。

でも、瀬名先輩に出会ってから、いろんなものが見えるようになったんだよ。

ずっと自分で自分に呪いをかけていたこと。

おばあちゃんが本当に伝えたかった思い。

はじめて見た、母の涙。

自分のことのように悩んでくれる友人。

うつむいて本を読んでいるだけじゃ、分からないことだらけだった。

「瀬名先輩……っ」

昇降口にたどり着いた私は、下駄箱前のスノコに座りながら、再びさっきのアカウントをゆっくり開いた。

一番上の紹介文には、【卒業までの記憶のリハビリ。忘れないためのメモ】とシンプルに書かれている。

スクロールする手が震えている。

今、ここに、瀬名先輩と過ごした思い出が、あるんだ。

ひとつ目の投稿は、【視聴覚室、映画鑑賞。怖がりすぎなあいつ】という、そっけない短文だった。

ああ、そうだ。瀬名先輩と、視聴覚室で大嫌いなホラー映画を観たんだった。

苦手だって言ってるのに止めてくれなくて、でも、怖がっている私を優しく抱き締めてくれた。

怖がっている私のうつむいている写真は、すごく暗くてぶれていて、ちっとも上手く撮れていない。

だけど、あのときの瀬名先輩の優しい体温がよみがえってくる。

ＳＮＳには過去のことも遡ってメモされていた。

【なぜか図書室でマシュマロを焼いて食べた】

【屋上から紙飛行機も飛ばした。あいつは下手くそすぎた】

【人の痛みをもっと感じ取れないのかと、怒られた】

そうだ。図書室のストーブでマシュマロを焼いて、進路に迷っていた私ごと吹き飛ばすように、屋上から思い切り紙飛行機を飛ばしたんだ。

生意気に瀬名先輩に意見したりして……、だけど、瀬名先輩はなにか感じ取ってくれていたのかな。

私の知らない瀬名先輩が次々と出てきて、スマホから目が離せない。

なのに、涙で目の前がかすんでしまう。

【今日、あいつの顔を一瞬忘れていた。俺は最悪だ】

【久々に弾いたピアノ。意外と覚えてるもんだな】

【強気な女子に啖呵切ったあいつ、かっこよかった】

【あいつがいなかったら、もっといろんな人を傷つけてた】

ああ、そうだ。一度だけ、音楽室で瀬名先輩がピアノを弾いてくれたな。

すごく繊細な音で、美しくて、驚いた。

でも、あのときにはすでに、瀬名先輩は自分の記憶と戦っていたんだ……。

【あいつの輪郭がどんどんぼやけていく】

【明日、ちゃんと覚えてるだろうか】

【今日はあいつが行きたい店に連れていこう】

カフェに行ったのは、記憶のリハビリじゃなくて、私が行きたいところに連れていきたいと思ってくれたからだったんだ。

ただの気まぐれだと思っていた。

知らなかった事実に、一瞬微笑ましくなったが、それと同じくらい切なさが押し寄せている。

【あいつの呪いが、いつか完全に解けますように】

【絶対忘れるな、明日の俺】

【なんとか思い出せた。今日は春に行きたいと言っていた土手に連れて行こう】

何度も何度も自分の記憶と向き合って戦った記録と、その日感じたことが、短文で投稿されている。

瞼の裏に鮮明にそのときの映像が浮かんできて、涙を止めることができない。

何度も涙をぬぐいながら、ほぼすべての投稿を見終えた。

そして……、ついにさっきクラスメイトに見せられた、最後の投稿に行き着く。

勿忘草を見に行ったあの日の写真。

小さな青い花を摘んでいる私のうしろ姿が映っただけの写真。

その写真に添えられた一言を見て、嗚咽が込み上げた。

――【なにひとつ、忘れたくない】

投稿はそこで終わっていて、そして瀬名先輩のその思いは、いとも簡単に火に飲み込まれてしまった。

瀬名先輩の思いが、記憶が、感情が、波のように心の中に流れ込んでくる。

瀬名先輩、私も、なにひとつ忘れたくない。忘れないよ。

ふたりで一緒に過ごした日々。そのすべてが、今の私をつくっている。

ねぇ、瀬名先輩。

どんな人間だって、大切なこと、全部覚えてはいられないよ。

人生を重ねることは、きっと忘れていくことを伴うものだから。

毎日が人生の最後だと思って過ごさないと、忘れてしまう生き物だから。

「瀬名先輩っ……瀬名先輩、瀬名先輩、瀬名先輩……」

もうあの日には戻れないけれど、一緒に過ごしたたくさんの〝今〟が、このスマホに詰まっている。

私はそれを抱き締めて、生きていこう。……生きていかなきゃ。

分かっている。だけど瀬名先輩。今は、泣いてもいいかな。

瀬名先輩との思い出が、あまりに私の涙腺を刺激するから。

忘れないよ。忘れられるわけがないよ。

人は思い出でできているのだとしたら、高校生の私は間違いなく瀬名先輩でできてきっと、大人になっても、おばあちゃんになっても、何歳になっても、思い出す。
人生で最後に見る光の中に、きっと先輩はいる。必ずいる。
——だってふたりでいた時間は、私にとって、世界でいちばん優しい記憶だ。
今、瀬名先輩の中に私がいなくとも、この先も思い出せなくても。
私の胸の中で、いつまでも光り続ける。
冬を越えてやってくる暖かな春のように。
この先も、ずっと、ずっと、瀬名先輩は私の光だ。

side瀬名類

どうして、俺は泣いているんだろう。
岡部に指摘されるまで、涙が出ていることに気づかなかった。
乱暴に指で目元をこすると、たしかに指が濡れている。
なにも悲しいことなんてないのに、いったいどうしたんだ。

……教えて。

誰か、この涙の理由を教えてくれ。

岡部は複雑そうな顔を浮かべながら、俺の顔を見つめていた。

「これ以上、強引に追い詰めたら、類が壊れちゃいそうで心配だな……」

「おい、話の続きは……」

「ごめん、また今度にしよう。少しずつ話した方がよさそうな気がしてきた」

そう言って、岡部は俺の記憶をそれ以上深掘りせずに、静かに帰っていった。

カフェに残された俺は、ただただ茫然自失としながら、自分の涙を止める方法を探している。

心の奥底で、誰かが俺を呼んでいる。

琴音とは、いったい誰のことなんだ……。

震える手でスマホを手に取り、先ほど岡部に見せられたアカウントを開く。

自分の境遇とまったく同じプロフィールが記載されており、投稿は約二年前で途絶えている。

スクロールして投稿を流し見ると、そこに写っているのは同じ女子のうしろ姿ばかりだ。

素っ気ない文章と、本当にただ記録を繋ぐためだけの写真たち。

視聴覚室、音楽室、一面に咲く勿忘草……。

そのどれも、自分にはまったく身に覚えのない思い出ばかりで。

でも、そのどれもが、一度はやってみたいと思うような体験ばかりだった。

味気ない文章も、自分が書いたんだと言われたら、しっくりきてしまう。

まったく覚えていないのに、どうしてなつかしい気持ちになっているんだ。

「分からねぇ……」

頭が、割れるように痛い。

この子が、琴音……？

知らないはずなのに、写真から目が離せない。

彼女と、俺はどんな日々を過ごしていたんだろうか。

すべてが真実だとしたら、俺に忘れられた彼女はどんなふうに過ごしているんだろうか……。

いや、そもそもこのアカウントは本当に俺のものなのか？

俺は設定画面に移ると、パスワードの再発行ボタンを押した。

再発行パスワードは、登録時のメールアドレスに送られてくるようになっている。

メールアドレスはそのまま引き継いでいるので、このまま待って、もしメールが届いたら、本当に俺のアカウントだということだ。

「あ……」

SNSのパスワード再発行通知のメールが、すぐに自分のスマホに届いた。

それを確認した瞬間、全身に鳥肌が立った。

この投稿には……、本当に過去の俺が過ごした時間が記録されている。

認めざるを得なくなった俺は、もう一度最初の投稿からすべてを見直した。

「頭痛ぇ……」

しかし、思い出そうと何度も何度も記憶をたどるたび、地割れするかのごとく、激しい頭痛に襲われる。

でも俺は、その指を止めることができなかった。

なぜなら、過去の俺が、【なにひとつ、忘れたくない】と、言っているから。

俺は、顔も姿も思い浮かばない琴音を想いながら、痛みに耐えてすべての投稿を読んだ。

過去の自分は、いったいどんな時間を過ごしていたんだろう。

ふいに涙が出てしまうほど、彼女は大切な存在だったんだろうか。

……知りたい。過去の自分を、ちゃんと分かりたい。

――そのとき、突然、祖父から電話がかかってきてスマホが激しく震えた。

驚いた俺は、思わずワンコールでその電話をとった。

「もしもし、なに」

「類か。今、警察から電話があってな。放火の犯人が捕まったらしいぞ」

「は……？」

ただでさえ真っ白だった頭の中が、さらに混乱していく。

なぜ、一度に処理できないような出来事が、たった一日で舞い込んでくるんだ。

卒業式に、生徒を恐怖に陥れた放火事件の犯人……。

なぜか式を抜け出して図書室にいたらしい俺は、事件現場にいた生徒として何度も事情聴取を受けていた。

あれから一年経って、どうして今さら……。

「……類、一日でいいから、家に帰ってきなさい」

スマホ越しに黙り込んでいる俺に向かって、祖父は落ち着いた低い声で諭した。

「過去を思い出すことから逃げるように、ずっとそっちにいるようだが……」

別に、逃げるように東京に来たわけじゃない。

進路はもともと決まっていたし、いつまでも祖父の家で世話になるわけにいかないと思って、家を出た。

ただ、それだけだ……。

けれど、祖父には俺が逃げているように見えているんだろうか。

逃げるって……いったいなにから？

「とにかく、一度帰ってきなさい。ずっと張りつめた気持ちのままだと、いつか電池が切れるぞ」

祖父はそう言って、強引に電話を切ってしまった。

張りつめた気持ちでいるつもりはまったくないし、俺は今、十分自由な生活をしていると思っている。

余計な交流を断ち切って、特別な人間を作らないように……、今までどおり生きているというのに。

どうして、祖父の目にはそんなに心配されるように映っているのか。

納得できないまま、真っ黒なスマホの画面を見つめていた。

でも、実家に帰ったら、琴音についてなにか思い出すきっかけがあるかもしれない。

今このタイミングで起こったこと、すべてに理由があると思い込んで、俺は数日間だけ実家に帰ることにした。

春はここにある

side瀬名類

築年数五十年を超える祖父の家は、相変わらず、見上げるほど大きい。

就活の準備を始めた今、祖父がひとりで事務所を立ち上げた事実は、素直に尊敬できるようになった。

俺は重たい木の門を開けて、敷地内に入った。

桜の木は立派に花を咲かせている。庭の植物の緑も濃くなっていて、木々は葉を目いっぱい広げて強い日差しを和らげていた。

その場に立ち止まって少し植物を眺めていると、庭の奥から水やりをしていた祖父がやって来た。

「類、帰ったか」

「……ただいま」

「入りなさい。冷たいお茶を出してもらおう」

首に巻いていたタオルで汗を拭いた祖父は、先に家の引き戸を開けて家の中へ入ると、家政婦さんに冷たいお茶を出すよう頼んだ。

部屋中の窓が開いていて、部屋の中は外よりずいぶんと涼しい空気が流れている。

俺は少ない荷物を部屋の端に置いて、所在なさげに居間に座り込んだ。

開けっ放しの窓からは、庭を一面見渡せて、四季を感じることができる。

高校生までは、祖父がよくいるこの居間にはあまり寄り付かず、すぐに二階の自分の部屋へとこもっていたから、なんだか変な感じがする。

そわそわしながら待っていると、家政婦の内田《うちだ》さんがおぼんに冷たいお茶を入れて現れた。

「類さん、久しぶりですね。これ、近所の方からもらった、静岡のいいお茶なんですよ」

「ありがとうございます」

お礼を伝えると、彼女は笑みを返してすっと部屋から出ていく。俺がこの家に来たときからずっと家政婦をしてくれている内田さんは、今年でもう五十歳になるだろうか。

俺は、彼女に入れてもらったお茶を、一気に喉に流し込んだ。

喉の奥からひんやりすると、体力が戻ってくる気がする。

たしかに普通のお茶よりは甘味が強いのかもしれない、と思っていると、祖父が深く息を吐いた。

「犯人……、捕まったな」

先日ニュースで見た犯人の顔は、ごくごく普通の四十代の男性だった。

捕まったきっかけは、犯人がよく行くパチンコ店からの情報提供だ。

家に戻らず野宿をしていたようだが、そのパチンコ店には月に数回通っていたらしい。張り込んでいた警察に逮捕され、ようやく連続放火事件は解決した。

犯行の動機は、仕事が無くなってむしゃくしゃしていたことと、俺が通っていた高校が母校で、学生時代にいい思い出がなかったから……と伝えられた。

当時のことをまったく覚えていない俺は、その顔を見ても憎悪は沸いてこないし、正直ピンともこない。

気づいたときに自分はベッドの上で、祖父は泣き崩れていたから。

「お前も、連れていかれてしまうのかと思ったよ、あのときは」

祖父は庭先を眺めながら、ぼんやりとつぶやく。

「また、火にすべて持っていかれるのかと……絶望しかけた」

その言葉に、母の放火事件後、祖父が何度も頭を下げて回っていた記憶が蘇ってきた。

まさか、自分の娘が一家心中をしただなんて……いったいどんな気持ちだったのだろう。

あのときは祖父の気持ちを想像する余裕もなかった。

「水を触っているとね、なんだか安心するんだよ。お前が事件に巻き込まれてから、庭に水やりすることが多くなって、ずいぶん植物が元気になっちまってな……」

今日の祖父はやけに饒舌《じょうぜつ》で、俺は小さく相槌を打ちながら耳を傾ける。

そうか……。祖父にとって、火は大きなトラウマで、火を消す水は癒しになっているのかもしれない。

はじめて聞く祖父の気持ちに、俺はどこか切ない思いになっていた。

祖父ももう齢だ。あと十何年ないかもしれない人生で、再びつらい思いをさせてしまったのかと思うと、申し訳ない気持ちになってくる。

「心配かけてごめん」

「……今さらだな」

自然に謝罪の言葉が込み上げてきて伝えると、祖父はいっさい笑わずに「まったくだ」と不機嫌そうにつぶやく。

こんなふうにちゃんと祖父と話したのはいつぶりだろうか。

いつもいつも、記憶障害に関する忠告を鬱陶しがるだけだったから。

「いつもお前に、言っていたことがあるな。〝お前は普通じゃない〟と」

「ああ。耳にタコができるくらい聞いたな」

「それくらい、危機感を持ってほしかったんだ。周りに置く人を選ぶ能力を、ちゃんと身に着けてほしかった。大切なことを覚えていられないという障害は、どう考えても危険が伴う」

「……じゃあ、そう言えばよかっただろ。言葉足りなさすぎだろ」

「そうか、そうだな……」

なにも言い返さない祖父に、ますます調子が狂う。それとも、祖父はもともとこんなふうにおだやかな性格をしていたのだろうか。

学生時代の印象と今の印象が、どうしてこんなにも違うんだ。

たった少し離れていただけで、こんなにも話せることが増えるなんて。

「類、今日、お前を呼んだのは、どうしても伝えたいことがあるからなんだ」

ずっと庭を眺めていた祖父が、ゆっくり俺の方を向き直った。

目元の皺《しわ》を深めて、祖父は優しい瞳で俺をまっすぐ見つめる。

「……大切な人をつくりなさい。生きる希望は、だいたいそこにある」

思わぬ言葉をかけられ、驚き言葉を失う。

どんな表情をしたらいいのかも分からない。

どうして今、そんなことを……?

「たとえ忘れたとしても、類にとって大切な人をつくりなさい。いや、人じゃなくても、趣味でも動物でもいい。お前にはまだたくさんの時間がある。それは、お前が想像する以上にだ」

「時間……」

「長いぞ。俺の家系は、本当は長寿だからな」

そう言って、祖父はわずかに口端を吊り上げて切なげに笑った。

そんな表情をはじめて見たので、俺はより驚いて、上手く言葉が出てこない。

ただ、〝大切な人をつくりなさい〟という言葉が響いて……。

こんな感情に、昔、どこかでなった気がする。

忘れてもいいから、大切にしたいという、そんな気持ちに。

でも、それがいったいいつの思い出なのか分からない。

「お前の母が……、事件を起こす前、口癖のように言っていた。大切なものなんかないほうがいいと。ずっとその考えが、幼い頃からお前に根付いているんじゃないかと、不安だった」

「え……」

「今思えば、あの子がそんなことを言い出したときに、俺はもっと話を聞いてやればよかった」

祖父の苦しそうな表情に、なにも言えなくなる。

俺の根底にあるトラウマを、祖父がどれほど知っているのか分からないけれど。

なにも持たずに生きたほうが楽だと、自分はとくにそうすべき人間なんだと思い込んで生きてきたのは本当だ。

「高校の頃、お前は卒業間際だけ、生き生きとしていたがな」

「え……？」

「待ち合わせがあると言って、たまに出かけていた」

「俺が……？　バイト以外で？」

「あの時期だけ、なにか考えてぼうっとしていることが増えたというか……」

固定の友人もあまりいなかった俺が、誰かと待ち合わせて出かけるなんて、よっぽどのことだ。

自分の知らない過去を知り、なんだか胸がザワついてくる。

「桜木琴音って子のこと、知ってる……？」

おそるおそる、そうたずねると、祖父は一瞬表情を強張らせた。

「そうか。それも覚えていないのか……」

「え……？」

いたんじゃないか」

「その子は、お前と一緒に放火事件に巻き込まれた子だよ。事件のとき、偶然そばに

事件のときに、一緒にいた被害者が、琴音だったのか……。

予想が核心に迫っていく。

眉間にしわを寄せたまま黙っている俺を見て、祖父は「一度自分の部屋に戻って休みなさい」と言った。

再び襲ってきた激しい頭痛に耐えながら、俺は二階の部屋に向かう。

築年数の長いこの家の階段は、足を踏み込むたびにギシギシと音を立てて軋む。

部屋は二階の一番奥にあり、久々に見た自室の扉がとても古びているように感じた。

中に入ると、内田さんのお陰で室内は綺麗に保たれていた。

しかし、物は一切捨てられておらず、そのままにしてくれている。

ベッドも、本棚も、テレビも、洋服も、学生服まで、そのまま放置してあり、高校の頃の自分の姿が目に浮かんできた。

俺はすぐにカーテンと大きな窓を開けて、新しい空気を取り込んだ。

陽の光が部屋の中に差し込んで、室内を明るく照らしだす。

ほろほろと、桜の花びらが数枚部屋の中に舞い込んできた。

瞳を閉じて、深呼吸をしてみる。頭の痛みが、ゆっくり引いていく気がする。

瞼を開けると、再び桜の花びらが目の前に迫ってきたので、俺は思わずそれをよけて、花びらの行方を目で追った。

すると、その花びらが、机に置いてある見慣れない〝なにか〟の上に着地した。

「なんだ、これ……？」

置いてあったのは、小さな輪っか状になったドライフラワーだ。

青い小さな花はパリパリに乾燥していて、手にしたら崩れ落ちてしまいそうなほど弱い力で繋がっている。

こんなもの、俺が買うわけがない。

不思議に思いながらそれを手に取ると、予想どおり、花輪は砂のようにほろほろと崩れ落ちてしまった。

――そのときだった。

崩れていく青い花弁を見ていたら、突然ズキンと激しい頭痛が再び襲ってきて、俺はその場にひざまずいた。

まるで一本の木が水を吸い上げるかのように、枝分かれした記憶の先々に水が宿っていく。

それから、映画の早送りみたいに、忘れていた記憶が土石流のごとく流れ込んできた。

下駄箱で出会ったときの、子犬のような怯えきった瞳。

遊園地で待ち合わせたときの、凍えた手をこすりながら雪を見上げている横顔。

視聴覚室でホラー映画を観たときの、大袈裟なリアクションと震えた肩。

脳内に一気に映し出される映像──そのすべてに、琴音という女の子が映っている。

そして、最後に映し出されたのは、勿忘草がたくさん咲いた土手で、彼女が勿忘草でブレスレットをつくってくれたシーンだった。

『これは、忘れないためのお守りです。勿忘草にかけてつくりました』

『でももし、本当に私のことを忘れて、もうなにも思い出せなくなっちゃったら、なにをしても無理だったら、私は、せめて先輩が最期に見るときの光の中にいたい……』

『い、一瞬でも……いいから……』

音声付きで鮮明に蘇った記憶に、全身の力が抜けていく。

「あ……」

床に散らばった青い花を見て、俺は一粒の涙を落とす。

その一粒が乾いた勿忘草の上にこぼれ落ちると、もう、そこから先は、なにもかも止まらなかった。

俺は、床に額を付けてうずくまる。そして、噛み締めた奥歯の隙間から、震えた声で、彼女の名前を呼んだ。

「琴音……っ」

――どうして、彼女を忘れて、今までなんでもない顔で生きていたのだろうか。

堰《せき》を切ったように涙が溢れ出す。大粒の涙がとめどなく頬を流れていく。心のどこかにずっと抑え込まれていた記憶が、すべて涙に変わっていく。

このまま泣きすぎて、壊れてしまうんじゃないかと思うほど。

……大学一年生のとき、村主がバイト先のカフェに来たことがある。

そのとき俺は、村主としか話さなかったが、たしかに隣に琴音がいた。

俺はあの日、琴音にひどい態度を取っていた。

思い出すほどに、自分がますます許せなくなる。

「どうして……」

どうして、どうして、どうして、今まで思い出せなかった。

あんなに誓ったのに。

昨日の自分と、今日の自分を繋げて、琴音のそばにいるんだと。

それが、あの告白と火事で、すべて消え飛んでしまうなんて。

……結局俺は、母の呪いから、逃げることができていなかったのか。

命からがら家を飛び出て、燃え盛る炎をひとりで見つめることしかできなかった、無力な自分のまま。

悔恨の情にとらわれながらも、記憶の枝はどんどん伸びていく。

琴音と俺の人生を完全に分断してしまった、あの惨い放火事件の映像が、鮮明に瞼の裏に浮かんでくる。

脂汗が額ににじむほど思い出したくない記憶だ。

……しかし、真っ赤な炎に包まれる前の記憶までたどると、俺はあることを思い出した。

「そうだ……もし燃えていないなら……」

バッと顔を上げ、部屋にかかったままの制服を見て、俺はゆっくりと立ち上がる。

そして、少し膨らみのある右ポケットに、そっと手を忍ばせると、くしゃくしゃになった紙が出てきた。

震えた手で、ノートを千切っただけの紙を開く。

するとそこには、下手くそな似顔絵とともに、箇条書きで俺のプロフィールが書かれていた。

涙を指で拭いながら、丸くて小さな文字を必死にたどる。

そこには、ずっと孤独だった俺の呪いを解く言葉が書かれていた。

私の呪いを解いて、平坦な毎日に光をくれた人。

優しい魔法使いのような人。

一緒にいたいと思った人。

愛しいと思った人。


人生でこんなに、感情を剥き出しにして泣いたことがあっただろうか。

切なくて、苦しくて、愛しくて、胸が引き裂かれそうなほど、痛い。

文字をひとつひとつ追っていくごとに、涙がぽたりと紙の上に落ちて、にじんでいく。

「ごめん……っ」

琴音に出会うまでずっと、なにもない雪原に立っているかのようなまっさらな人生だった。

歩いて足跡を残そうとしても、どんどん雪が降り積もっていって、あっという間に足跡が消えていく。

だったらずっと、ここにひとりでいよう。そんなふうに思って生きていた。

なにも残せないのなら、なにもせずに、なにも考えずに、ひとりで生きていこう、と……。

そんな薄暗い灰色の景色の中、突然現れた琴音は、まるで〝春〟そのものだった。

空に舞う花びらのように、道端に咲く勿忘草のように、等しく降り注ぐ太陽の光のように。

きみがいるところに、光が当たる。

——心が温かくなる場所は、きみそのものだ。

「会いたい……」

ふと、心の底から言葉がこぼれた。

声にすると、その気持ちがどんどん胸の中で膨らんでいき、どうしようもなくなる。

スマホが焼けたと同時に、彼女に連絡を取る術を失ってしまった。

カフェで村主からもらった電話番号のメモも……、バイト中にどこかへなくした。

どうすればいいんだ？　俺は流れ出る涙をそのままに、ぐるぐると頭を回転させた。

そして、とっさにスマホを取り出すと、岡部に電話をかけた。

『え、類？』

ワンコールで電話は繋がり、岡部の不機嫌そうな声が聞こえる。

『ちょっと、気持ちよく昼寝してたんですけど』

「岡部、村主の連絡先教えて」

『え……？　もしかして、思い出したの……』

俺の真剣な声に、一瞬ですべてを悟ったのか、岡部は焦ったような反応を示す。

『そう……、分かった。すぐ送る』

「思い出した、全部」

「助かる。よろしく」

そう言って、電話を切ろうとした。

しかし、その直前で岡部は『待って！』と声を上げて通話を切るのを制す。

『あの子にもし会えたら、謝っておいて。いや、謝るのも唐突で変か……。今さらだけど反省してるって、伝えておいてほしい。勝手だけど……』

それだけ言い残して、岡部はようやく電話を切った。

あいつも、琴音に対して後悔している気持ちが大きかったんだろう。

俺も、琴音に対して後悔しかない。

彼女はどんな想いで、俺の記憶喪失を受け止めていたんだ。

きっと、たくさんたくさん傷つけた……。

会っても拒否されるかもしれないという、かすかな不安があとを追ってくる。

でも、それでも、動かなければならない。

俺にはまだ、〝時間〟があるのだと、さっき祖父に言われたばかりだ。

震えた手を片方の手で押さえ付けて、俺は岡部から教えてもらった村主の番号に電話をかける。……しかし、なかなか電話がつながらない。

「繋がれ……っ」

俺はスマホを握る手に力を込めながら、村主に届くよう念を込める。

お願いだ。出てくれ。俺はまだ……琴音に伝えていないことがたくさんある。

無機質なコール音が鳴り響くたびに、じわりと額に汗が浮かんでくる。

一分が過ぎようとしたそのとき、コール音が唐突に途絶えた。

『はい、もしもし。すみません、今電車で降りたところで……！』

「……村主か？」

久々に聞いた村主の声は、なぜか敬語で焦った様子だった。誰かと勘違いしているのだろうか。

電話が繋がった奇跡に、鼓動が速くなっていく。

『え……？　誰』

「……瀬名です」

『え⁉　なに、瀬名って……もしかして、瀬名先輩なの⁉』

その問いかけに静かに「ああ」と答える。

村主は、電話越しでもわかるくらい混乱している様子だ。

『超久しぶりじゃん……。なんで今連絡くれたの？　もしかして、琴音のこと？』

「思い出したんだ。全部……。今さらだけど」

『勝手だよ！　どれだけ琴音がショック受けたと思ってんの⁉』

俺の返答に、村主は語気を荒くして、責め立てるように言葉を投げる。

「ごめん……。本当に、それしか言えない。でも会いたいんだ」

はっきりそう伝えると、村主はスマホの向こう側で沈黙した。

琴音を忘れてから、もう二度目の春を迎えてしまったんだ。

村主が怒るのも……当然だ。謝ること以外に言葉が浮かばない。

でも、どうしても、もう一度琴音に会いたい。

その一心で、村主の言葉の続きを待つと、彼女は気持ちを落ち着かせるように、深くため息を吐いた。

「……私、さっき先輩からの電話出たとき、琴音のお母さんからかと思ったの。だから超焦ってたんだよ」

「え……？」

「受験の息抜きに、今日琴音と久々に遊ぶ予定だったの、ほんとなら」

琴音の母親から、電話がかかってくる可能性があった……？

それは、いったいどんな理由で……。

俺は思わず、スマホを握る手に力を込めてしまう。

村主の声が震えていることにだんだんと気づいて、徐々に頭の中が真っ白になっていく。

「ねぇ、なんで今日思い出したの⁉」

「村主……」

「なんで、今日、このタイミングで……？」

「……琴音は今、どこにいるんだ」

「よりによって、琴音が事故に遭ったタイミングで……」

途中から嫌な予感がして、見事にそれが的中してしまった。

どうしてだ。どうして、いつもいつも俺は、手のひらからすり抜けていくみたいに、大切な人を失ってしまうんだ……。

なにも言葉を発せないまま、奈落の底に突き落とされたような絶望感に陥っていく。

琴音ともし、もう二度とこの世で会えなくなったら……。

そこまで考えたとき、俺は強く首を横に振った。

「村主、病院の場所わかるか」

『え……？　今から行くつもりなの、先輩』

「教えてほしい」

お願いだ。もう、なにもできずに、抗えない運命をただ見守るだけの弱い自分は、終わりにしたいんだ。

そんな呪いは、もう、解きたい。今、ここで断ち切りたい。

会いたいから会いに行く。

大切だから大切にする。

ただそれだけのことを、貫き通したい。

たとえ何度、はじめましてを繰り返すことになったとしても。

『瀬名先輩、今東京にいるんでしょ？　遠いよ。森本《もりもと》病院だって、琴音のお母さんから聞いたけど……。ふたりが放火事件のときに入院したところだよ』

「すぐに行く」

『え……、本気？　瀬名先輩……』

「村主、ありがとう」

『先輩が……、ありがとって言った……』

お礼を伝えると、俺はすぐにスマホを切って、一階に駆け下りた。

置きっぱなしにしていたトートバッグを掴んで、すぐに玄関に向かい靴を履く。

「どこか出かけるのか」

祖父が心配そうにやって来た。

「……行ってくる。悪いけど、急用だから車借りるわ」
祖父の言葉にそれだけ返すと、俺は庭であるものを摘んでから、車庫へと向かった。
春風が吹いて、ちらちらと桜の花びらが視界を遮る。
でもう、そんなこといっさい気にならない。
――琴音に会いに行く。一分一秒でも早く、会いにいく。
ただ、それだけの気持ちをもって、無我夢中で車に乗り込み、発進した。
信号待ちの間がとてつもなく長く感じる。
焦る気持ちをなんとか抑え込もうとしたが、握り締めたハンドルに汗がにじんでいる。
誰かのためにこんなに必死になることは、生まれてはじめてだった。
……流れゆく景色を見ながら、出会った日のことを、思い出す。
『俺にも、覚えておきたいって思う記憶、つくってよ』
俺の気まぐれな発言で始まった関係だった。
飽きたらすぐにやめようと思っていた。琴音を選んだことも、本当にただの偶然で。
だけど、大切な思い出や感情を、いったいどれほど琴音からもらっただろうか。
過去の自分が、最後に投稿していた文章が、今、自分の気持ちを的確に表している。
〝なにひとつ、忘れたくない〟

ただ、それだけだ。琴音と過ごした日々で、忘れてもいいことなんか、ひとつもない。

ナビの予定よりも五分早く、病院に着いた。一気に心拍数が上昇して、いろんな〝最悪の予想〟が頭の中を駆け巡ってしまう。

どれほど重症なのか、どんな事故だったのか、今、琴音はどんな状態なのか。

村主も詳細はまだ知らないようだった。

ドクンドクンと脈打つ心臓。面会の受付を済ませ病室に向かって、一歩一歩、歩いているはずなのに、足の感覚がまるでない。

この先、たとえどれだけ悲しいことがあっても、琴音を失うこと以上に悲しいことはない。

……だから、神様。

自分の寿命が分け与えられるものなら、どれだけでも使ってほしい。

俺の全部の運を使って、琴音を助けてほしい。

そう強く願って、俺は琴音がいる病室の目の前にやって来た。

呼吸を整えて、ゆっくりドアノブに手をかけて部屋を開ける。

真っ白な病室は四人部屋で、琴音のいるベッドだけカーテンが閉まっていた。

締め切られたカーテンの向こうに、人影がぼんやりと見える。

あそこに……琴音がいる。

プレートには『桜木』と書かれていて、目の前に琴音がいることを確信した俺は、意を決して、カーテン越しに話しかけた。

「……大丈夫か」

信じられないほど、情けないほど、声が震えている。自分の声じゃないみたいだ。

ぎゅっと目を瞑って返事を待っていると、戸惑ったような声が返ってきた。

「え……？　どなたですか」

久々に聞いた琴音の声に、心が乱れて、苦しくなって、それだけで涙が溢れそうになった。

ひとまず琴音が無事だった事実に、膝から崩れ落ちそうなほど安堵する。

よかった……。よかった、生きてる。

もう一度、琴音に会えたんだ。

さっきまで不安で破裂しそうだった心臓が、徐々に正常な動きになっていく。

極度の緊張状態から解放され、ほっと胸を撫で下ろす。

「あ、もしかして小林《こばやし》先生ですか？　すみません、ただのかすり傷で母が大騒ぎしてしまって……。放火事件でもお世話になったのに……。頭を強く打ったので、一応、様子見で入院した方がいいってことなんですよね」

気持ちを落ち着かせている間に、俺を医者と勘違いした琴音が、カーテン越しに頭を下げていることが分かった。

放火事件の時にも診てもらった医者なのか。声音からして、少し親しげな様子だ。

……本当に、もう二度と会えなくなってしまうかと思った。

何度も胸の中で「よかった」という言葉を繰り返す。それ以外の言葉が出てこない。

「あの、中入っていただいて大丈夫ですよ……？」

黙ったまま外に立っている俺を不審に思ったのか、琴音が声をかけてくれた。

でも、今カーテンを開けたら、琴音はいったいどんな顔をするだろう。

怖くて、薄い布一枚を捲ることができない。

ここまで来たのに、本当に足が動かない。

今になって琴音から拒否されるかもしれない恐怖に、俺はその場で固まってしまった。

「あの……私、今週模試があって、検査はいつ頃終わりそうでしょうか」

しばらくすると、琴音は再びひとりで話し始めた。

そうか。琴音は今、受験生か。

記憶がない間に、琴音がずいぶん前に進んでいるように感じて、俺はますます怖くなってしまった。

ちゃんと未来に向かっている彼女の前に、今更俺が現れていいのだろうかと。

もしかしたらもう、琴音の中では思い出したくない記憶に変わっているかもしれない。

琴音も自分と同じだけ時を重ねて、俺の知らない経験をいっぱいしてきたはずだ。

無事を確認できた今、立ち去るべきなのかもしれない。

「私、たくさん勉強して、早く会いに行かなきゃいけない人がいるんです」

一歩後ずさったそのとき、琴音の凛とした声が俺の足の動きを止めた。

それは、葛藤を一気に吹き飛ばすには、十分すぎるほどの威力を持った一言だった。

「たくさん勉強して、心理学科に受かって、心因性記憶障害のことをちゃんと理解して、卒業した先輩に会いにいきたいんです。病室に来たら、なんだかその人と離れ離れになった日のことを思い出して、勉強しなきゃって焦ってしまって……。ダメですね。いつ会えるかも分からないのに……」

そこまで聞くと、俺は衝動的に、カーテンに手をかけていた。

シャッと勢いよく開けると、病衣姿の琴音が目を丸くして俺のことを見ている。

ごめんもありがとうも、間に合わなかった。

言葉よりもなによりも先に、愛しいという感情が溢れ、全力で彼女のことを抱き締めてしまった。

「え……」

「琴音」

「え……？　なんで……瀬名、先輩……？」

動揺に満ちた声が、俺の鼓膜を震わせる。

琴音の声、吐息、心音、体温、そのすべてが愛おしくて、壊れてしまいそうなほど強く抱き締める。

熱い涙が、ぎゅっと強く閉じた目の端からじわりとにじみ出ていく。

もう、壊れてもいい。それくらい、今、泣いてもいいだろう。

すべてを刻みつけるように、俺はなにも言わずに琴音のことを抱き締め続けた。

悲しくても嬉しくても、人は涙を流すものなのだと、俺はこのときようやく思い出したのだ。

side桜木琴音

いったい、なにが起こっているんだろう。

今、私は、世界で一番会いたかった人に抱き締められている。

両手を伸ばせば、抱き締め返すことができる距離にいる。

交通事故に巻き込まれて、どこか頭を打っていたのかもしれない。

これは夢だろうか。そうだ、夢に違いない。

カーテンが開いて、目の前に、瀬名先輩がいるなんて。

そう思ったけれど、瀬名先輩の心音がリアルに感じ取れて、私は少しずつ今の状況を理解していった。

夢じゃない……。これはたぶん、現実だ。

「な、なんで……ここにいるの？　瀬名先輩……、私のこと忘れてたはずじゃ」

「村主から場所を聞いた。放火事件から今日まで、琴音のことを思い出せなかった」

はっきりとそう伝えられ、心臓がドクンと跳ねる。

「じゃあ、思い出したばかりなんですか……？」

抱き締められながらそう問いかけると、瀬名先輩はこくんと力なく頷いた。

瀬名先輩が泣いていることに気づいて、私もようやく実感が込み上げてきて、急に涙腺が熱くなってしまった。

もう二度と、優しく名前を呼ばれることなんてないと思っていた。

もう二度と、こんなふうに体温を分かち合うことなんかできないと思っていた。

もう二度と……、自分が知っている瀬名先輩には会えないと思っていた。

こんな奇跡があっていいのだろうか。

ねぇ、先輩。信じられないよ。夢だとしてもできすぎなくらいだよ。

私は、おそるおそる瀬名先輩の背中に腕を回して、ぎゅっと抱き締めた。

それに応えるように、瀬名先輩は私を抱き締める力をもっと強める。

「ごめん。きっと、たくさんお前を傷つけた」

私の肩に顔をうずめながら、瀬名先輩はぽつぽつと胸の内を語り始めた。

「本当は、なにひとつ忘れたくなかった……っ」

「瀬名先輩……」

「だけど、琴音に好きだと伝えた瞬間頭痛がして……、記憶障害の症状があの時強く出て……」

え……？

記憶を失ったのは、火事が原因だとばかり思っていたけれど、じつはその前にきっかけがあったの……？

全く知らなかった……気づけなかった事実に、言葉を失う。

「頭痛に耐えながら目を開けた次の瞬間には、目の前に火が広がってた。なにが起きたのか分からないまま、どんどん自分の過去に飲み込まれて、どうしても勝てなかった……」

「そうだったんですね……」

今思い出しても体が震えるようなあの日の惨事。

燃え盛る炎を見つめながら、瀬名先輩は完全に硬直していた。

記憶喪失は、想像以上に、色んな事が重なって起きてしまった悲劇だったんだ。

「忘れてごめん……っ」

先輩は、なにひとつ悪くないのに。

なにひとつ謝ることなんてないのに。

私は上手な慰めの言葉も思い付かないまま、今にも壊れてしまいそうな瀬名先輩の体を強く強く抱き締めた。

「でも、やっと会えた……っ」

先輩の心からの叫びに、胸がいっぱいになっていく。

また会えてうれしいです。今もずっと好きです。瀬名先輩ともう一度会うために、ずっとずっと勉強してきました。……いつくも、伝えたいことがある。

瀬名先輩と会えなかった間、一度だって先輩のことを忘れたことはなかった。

だって、瀬名先輩が、教えてくれたんだよ。

〝独り〟じゃないことの心強さを。

誰かを好きになることの尊さを。

あのときの私はまだ十六歳で、なにも分かっていない子供で、世界の広さもなにも知らなかったけれど、でも、瀬名先輩そのものが、希望になったんだ。

本当だよ。嘘じゃないよ。大袈裟でもなんでもないよ。

瀬名先輩を想う気持ちは、全部〝本当〟しかないよ。

それをどうしたら、全部伝えられるだろうか。

私は瀬名先輩の胸に手を置いて、少し離れて、顔を見つめる。

二年ぶりに見た彼の顔は、少し大人っぽくなっていたけれど、最後に会った記憶のままだ。

「忘れたことは大切だからだと、信じてほしいって、瀬名先輩が言ったから……」

私は、瀬名先輩の涙を指で拭いながら、まっすぐ目を見つめた。

「だから、私、これから何度忘れられても、その言葉を信じていいですか……っ」

そう問いかけると、瀬名先輩はなにも言わずにまた一粒涙をこぼす。

弱々しくうつむいて、手の甲で乱暴に涙を拭っている。

「なんでだよ……、お前、なんでそんな……俺のこと信じてくれんの」

それから、瀬名先輩は震えた声でそんな問いかけをしてきた。

私は、瀬名先輩の手を握り締めながら、最後まで言葉を待つ。

「そんなこと言われたら、俺も本音言うしかなくなるだろ……」

「私は、瀬名先輩の〝本当〟しか聞きたくないです」

まっすぐにそう言うと、瀬名先輩は顔をゆっくり上げて、私の瞳を真剣にじっと見つめ返した。

そして、そのまま再び乱暴に私を胸の中に引き寄せた。

「ずっと一緒にいたい。琴音は、この世界で一番、忘れたくない存在だ……」

反射的に、私は彼の腕の中で大きく頷いた。

私もだ。先輩とまったく同じ気持ちだ。

この先、どんな試練がやって来るのか、私には分からない。

気持ちだけじゃ乗り越えられないこともたくさんあるんだろう。

でも、それでも、一緒にいたいと思える人に、私は出会えた。

「……もう、なにがあっても手離したくない」

そう囁かれ、瀬名先輩の顔がゆっくりと近づき、唇同士が優しく触れた。

それは、花びらに触れるような、そんな優しいキスだった。

その温もりで、いとも簡単に、抑えていた感情が溢れ出てしまう。

「瀬名先輩、出会ったときのこと、覚えてくれてるんですか……?」

「思い出したよ。変なノート書いてたし」

「図書室でなに食べたかも……？」

「マシュマロ、甘かったな」

「遊園地、本当に寒かったんですけど」

「待たせてごめん。ほんとに」

「ホラー映画嫌いってあれだけ言ったのに……」

「それもごめん」

「いつもやることが唐突で、謎の自信があって、気分屋で、私がどれだけ振り回されたか……」

「うん……、ごめん」

「お蔭で、私の高校生活、忘れられない思い出ばっかりできて……、ばあちゃんに報告しきれない……」

そう文句を言うと、瀬名先輩はまた優しく「ごめん」とつぶやいて、私の頭を優しく撫でた。

愛しいという感情が止まらない。

この人を、大切にしたい。彼を傷つけるすべてのことから守ってあげたい。

なにも力がないくせに、そんなこと本気で思うんだ。

「琴音は……春みたいだ」

私を抱き締めながら、瀬名先輩が独り言のようにつぶやいた。

どういう意味か分からず、先輩の胸の中で首を傾げると、彼はふっと笑ってから「なんでもない」と首を横に振る。

「え、気になるんですけど……」

「悪口じゃないから気にならなくてよし」

「ええ……」

私が残念がるような声を出すと、瀬名先輩はふと思い出したように、ベッドの上に置いていたトートバッグからなにかを取り出した。

中から出てきたのは、青くて小さな花の花束だった。

「渡したくて、家の庭で摘んできた」

「え！　これって、勿忘草……？」

思いもよらぬプレゼントだ。

淡く優しい青色に、見ていると心が癒やされていく。

瀬名先輩と一緒に行った土手で、ブレスレットを作ったことを鮮やかに思い出す。

過去に浸りながら花に見惚れている私に、瀬名先輩はふいにスマホのカメラを向けた。

「琴音、花もっと心臓の前に持ってきて」

「え、こんな感じですか……？」

「うん、そうそう」

戸惑いながらも、私は勿忘草の花束を胸の中心に持ってきた。

そして、そんな私を瀬名先輩がカシャッと写真に収めた。

撮られることに慣れていない私は、思わず目を瞑ってしまいそうになる。

でき上がった写真を見ると、案の定、目が半開きだった。

「こ、こんな写真撮って、どうするんですか……。半目なので消してください！」

「大丈夫、可愛い」

必死に懇願したが、瀬名先輩はそんな写真を大事そうに見ながら、スマホのロック画面に設定していた。

私は本当に恥ずかしくて嫌で、先輩の胸をぽかっと叩いたが、彼は優しく目を細めるだけだ。

「……この写真を見て、すぐに思い出せるように、お守り」

「お守り……？」

「たとえ、琴音のことを忘れてしまったときも、自分の安心できる場所は、ここにあるってことを思い出せるように。そうしたら、何度でも隣に戻ってこられる」

「安心できる場所……」

ピンと来ていない私を見て、瀬名先輩はまたふっと優しく笑った。

その笑顔を見たら、どうしてだろうか。

なぜか再び、止まった涙がぽろっと溢れ出してしまった。

もう、苦しくも、悲しくもないのに。

瀬名先輩が笑った。ただ、それだけのことで、安心して、気が緩んで、涙が溢れてしまった。

「この写真を見たらきっと琴音を思い出すから……。だから、この先はじめましてを繰り返すことになっても、そばにいてくれるか……？」

少し弱気に聞こえる瀬名先輩の言葉に、私は力強く頷く。

大丈夫。瀬名先輩に何度はじめましてと言われたって、私の答えはもう揺るがない。

「たとえ何度忘れられても、私は先輩と一緒に〝今〟を積み重ねて生きることを選びます」

意思のあるまっすぐな言葉に瀬名先輩は「うん」と震えた声で……でも、同じように力強く頷いてくれた。

開けっ放しだった窓から、柔らかな春風が舞い込んできた。

ふわりと白いカーテンが舞い上がり、私と瀬名先輩を一瞬だけ囲い込んだ。

真っ白でなにもない世界の中に、瀬名先輩だけがいる。

その景色があまりに儚くて、美しくて、スローモーションのように見えた。

そして、ようやくさっきの瀬名先輩の言葉の意味が分かってきた。

なにもない世界でも、瀬名先輩がいれば、光が差してくる。そんな気がしてくる。

冬のあとにやってくる、春のように。

瀬名先輩も、私のことをそんなふうに思ってくれているって、そう、自惚れてもいいのだろうか。

私は、もらった勿忘草を一束掴んで、瀬名先輩の髪にそっと当ててみる。

すると、先輩は不機嫌そうな瞳でこっちを睨んで「なんだよ」と悪態をついた。

「あはは、瀬名先輩、似合わない」

「当たり前だろ」

「でも……、きれいです」

たとえ何度、忘れても。何度、はじめましてを繰り返しても。

きっと見つけ出して。信じていて。

きみの春は、ここにあると。

ふたりの間に、あるのだと。

end

あとがき

この度は『はじめまして、僕のずっと好きな人。』を最後までお読みくださり、誠にありがとうございます。

本作は二〇二〇年に単行本として発行された作品の文庫版となっております。

文庫化にあたって改題をし、本文にも細かな修正を入れさせていただきました。

約三年ぶりに瀬名と琴音の物語と向き合うことになりましたが、懐かしく穏やかな気持ちで最後まで見届けることができました。

琴音は私が書いてきた作品の中でも、トップクラスに不器用で繊細なキャラでしたので、心理描写のシーンはすごく慎重になって書き上げたのを覚えています。

ここからは単行本でのあとがきと内容が被ってしまいますが、作品の中身について少し触れさせてください。

この作品で深く書きたいと思っていたのは、それぞれのキャラが抱えている〝言葉の呪い〟についてでした。

瀬名には、大切な人を作っても傷つくだけという呪いがあり、琴音には、自分は他人には理解しがたい人間なんだという呪いがあり、村主には、自分は普通の人間にはなれないという、それぞれの呪いがありました。

私事ですがこの三年の間に三十代になりまして、さすがにもう子供時代のなにかを思い出してうわー！と叫びだしたくなることなどないだろうと思っていましたが、二日か三日に一度くらいの頻度であります。

傷ついた言葉も覚えていますが、自分が傷つけたであろう言葉にも後から気づいたりして、過去に戻って謝りたいと思ったり……。もう十分大人の年齢ですが、そういうことがしょっちゅうあります。

それくらい、言葉って取り返しのつかないものなんですよね。

でも、間違った発言を一度もしないということは、誰にも達成できないことだとも思っています。

皆きっと、過去の自分にうわー！と大声で叫びたくなりながら生きている。そう思い込むことで、私は今日も人と繋がっていたいと思えています。

読者さんにも、周りに傷つけられた言葉や、逆に後悔している発言があるかもしれません。でもそれを覚えているなら、きっとその分優しい人になれているはずです。

瀬名と琴音のように。

最後になりましたが、改めてこの作品をお手に取ってくださった読者様、及び編集に携わってくださった関係者様に感謝申し上げます。

新装版にあたり、美しいカバーイラストを描き下ろしてくださった雪森寧々先生にも、ここで感謝の気持ちを述べさせてください。儚く消えてしまいそうな琴音を見て、瀬名からはこんなふうに琴音が見えていたんだろうと、ぎゅっと胸を掴まれてしまいました。この琴音は、私の宝物です。本当にありがとうございました。

それでは、また次の本で出会えることを願って。

二〇二三年　十二月二十八日　春田モカ

この物語はフィクションです。実在の人物、団体等とは一切関係がありません。
本作は二〇二〇年八月に小社・単行本『何度忘れても、きみの春はここにある。』
として刊行された作品に、一部加筆・修正したものです。

春田モカ先生へのファンレターのあて先
〒104-0031　東京都中央区京橋1-3-1　八重洲口大栄ビル7F
スターツ出版(株) 書籍編集部 気付
春田モカ先生

はじめまして、僕のずっと好きな人。

2023年12月28日　初版第1刷発行

著　者　　春田モカ　©Moka Haruta 2023

発 行 人　　菊地修一
デザイン　　カバー　齋藤知恵子
　　　　　　フォーマット　西村弘美
D　T　P　　久保田祐子
発 行 所　　スターツ出版株式会社
　　　　　　〒104-0031
　　　　　　東京都中央区京橋1-3-1　八重洲口大栄ビル7F
　　　　　　出版マーケティンググループ　TEL 03-6202-0386
　　　　　　(ご注文等に関するお問い合わせ)
　　　　　　URL　https://starts-pub.jp/
印 刷 所　　大日本印刷株式会社

Printed in Japan

ISBN　978-4-8137-1519-1　C0193

ISBN978-4-8137-0449-2